メディアワークス文庫

拝啓見知らぬ旦那様、離婚していただきますⅢ

久川航璃

目　次

主な人物紹介

バイレッタ・スワンガン
洋装店オーナー兼縫製工場長。元ホラント子爵令嬢。

アナルド・スワンガン
戦場の灰色狐《はいいろぎつね》の異名を持つ。陸軍中佐。

エルメレッタ・スワンガン
バイレッタとアナルドの娘。

ワイナルド・スワンガン
アナルドの父。スワンガン家の当主。

ミレイナ・スワンガン
アナルドの腹違いの妹。

サミュズ・エトー
ハイレイン商会の会頭。バイレッタの叔父。

ゲイル・アダルティン
元ナリス王国騎士。

モヴリス・ドレスラン
栗毛《くりげ》の悪魔の異名を持つアナルドの上官。

ヤナ・サイトール
アナルドの副官、特務中。陸軍中尉。

ヴォルミ・トルレン
アナルドの部下、特務中。

ケイセティ・クロヤト
アナルドの部下、既婚者、特務中。

ミュオン・クレラ・テンサンリ
テンサンリ王国第一王女。スタシア高等学院時代のバイレッタの同級生。

ゼリア
ミュオンの従者。
ヘイマンズ伯爵
ヘイマンズ領領主。ミュオンの伯父。
ガインゼル・ヘイマンズ
ヘイマンズ伯爵家嫡男、ミュオンの従兄《いとこ》。
シーア
ガインゼルの恋人。

エルメレッタ

序章　誠意ある謝罪の仕方

　ガイハンダー帝国の帝都は大陸の北方寄りに位置する。都を囲むように聳《そび》える山脈はミッテルホルンと呼ばれ、自然の要塞として都を、ひいては国を守っている。その山々の間の比較的なだらかな地形を利用して開かれた帝都から、最も離れた帝国の西の位置に今回の帝国陸軍の駐屯地はある。

　西に隣接する国が傭兵《ようへい》国家アミュゼカを使って戦を仕掛けてきたことを発端に、仕掛けられては追い返すという小競り合いを繰り返していた。アナルドが赴任してきてすでに半年近くが経過している。

　そう、半年近くである。

　断崖絶壁の上に建てられた駐屯地からは窓越しに眼下に広がる穏やかな海の青が一望できる。窓が開いているので潮風とともに、耳をすませば波音も届く風光明媚《めいび》な場所である。

　けれど、そんな風景も今のアナルドを癒やしてくれることはなかった。

　駐屯地の食堂で短い休憩をとっていた彼は、ただ手の中の手紙を見つめる。

戦場にいるアナルドを時に慰め、癒やし、心を温めてくれる——帝都にいる愛妻バイレッタからの手紙である。

真っ白な封筒と便箋にはスワンガン伯爵家の透かしが入っている。正式なものであるので、偽物の可能性はない。いつもの妻が愛用している香油の花の香りが鼻孔をくすぐる。それも変わりはなかったので、やはりこの手紙は妻が送ってきたものなのだろう。そもそも文面に躍る流麗な文字も彼女の手によるものである。

つまり、現在、アナルドは危機的状況に置かれているということが決定づけられてしまったわけだ。

「おいおい、それお前の大好きな奥さんからの手紙だろ。なんて顔で読んでいるんだよ」

思わずといった体で声をかけてきたのはアナルドと同じ中佐の階級を持つ友人だ。

昼を大幅に過ぎた時間の食堂を利用している者は少なく、それぞれが短い休憩を楽しんでいるように見えた。彼もそういった休憩をしに来たのだろう。

だが飲み物すら持たずに声をかけてきたほど、自分は酷《ひど》い顔をしていたのだろうか。

「どんな顔だ」

「いや、なんか今にもそこの崖から飛び降りそうな顔……？」

「そうか……」

自覚はあったので、納得してしまった。

だが腑《ふ》に落ちたアナルドに対して友人は慌てる。

「いや、落ち着いている場合かよ。本当に飛び込むなよ。何があったんだ？　奥さんからの手紙じゃないのか」

「いや、妻からの手紙だ」

アナルドは血を吐くような思いで、告げた。

まごうことなき妻からの手紙であるので、正直、身投げしたい気持ちになったのだ。なぜなら、こちらに赴任してきて初めてもらった妻からの手紙なのである。こちらからは再三手紙を送って、ようやく返ってきた一通だった。

昨年の冬、アナルドは春には出産予定の妻を置いて泣く泣く戦地へと旅立った。実際には、旅立つというか迎えに来た部下に引きずられるようにしてこの駐屯地へと連れてこられた。だからこそ、手紙には別離の悲しみを添え、彼女の体を労《いたわ》るような内容をたくさん書いた。初めての出産は心細いものだと子供を持つ同僚たちの声も多く聞く。何より、大抵の者たちは妻の出産には立ち会えないとのことで、それが離婚の原因にもなるのだと告げられれば尚更《なおさら》に心配は尽きない。家庭をあまり顧みない軍人たちの離婚率は意外に高いのである。

傍《そば》で見守れない不甲斐《ふがい》なさを手紙を書くことで埋めるためでもあった。

そして、ようやく届いた一通である。

――季節はすっかり夏になっているというのに。

バイレッタと生まれてくる子供に何か危険なことがあれば、すぐに知らせてもらえるように手筈《てはず》は整えていた。母子ともに元気であることはわかっているので、体を心配しているわけではない。出産の報告だってそちらのルートから手に入ればいいのだが、初めての出産に臨んだ妻から直接生まれたと報告してほしくて、アナルドは彼女からの手紙を待っていた。

だというのに、待ちに待った手紙の内容が問題だった。

簡潔で短い。そっけないともいう。妹にも散々女心がわからないと詰《なじ》られるアナルドであるから、考えすぎということもないだろう。

つまり手元の手紙は妻からの怒りのメッセージなのだ！

「……誠意の伝わる謝罪の仕方を教えてくれないか」

いつも自分の行動は彼女を怒らせてしまう。意地っ張りの妻が素直に感情を向けてくれるのは嬉《うれ》しいことでもあるのだが、今回はさすがにアナルドも反省する。どの行動がバイレッタを怒らせているのかは甚だ謎だが、謝罪一辺倒しかないことは理解した。

出会ってから一貫してアナルドのどの行動が妻を怒らせるに至っているのか、よく理解していないという点も大きい。迷走気味であることは一応承知しているが、行動しなければ終焉《しゅうえん》が待っている気がした。

「え、謝罪ってどういうこと？　今度は何をやらかしたんだ。ちょっと話してみろよ」

友人は愛妻家であり、妻との関係は良好である。喧嘩《けんか》したなどという話は聞いたことがなく、相手を怒らせたと落ち込んでいても次には解決したと笑顔を見せる頼れる男だ。愛妻家の先輩としてアナルドも絶大なる信頼を寄せている。

妻を意図なく怒らせてしまう自分とはなんともかけ離れた存在に尊敬の念すら抱いているほどだ。

「それが……」

「なんだい、君たち。こんなところで面白そうな話をしているね」

屈託ない笑みを浮かべながらやってきたのは『栗毛《くりげ》の悪魔』の異名を持つモヴリス・ドレスラン大将である。アナルドの直属の上司でもあり、これまで妻ともども数々の気まぐれで遊ばれてきた厄介な男でもある。

周囲からは可愛《かわい》がられているなどというありがたくない評価をいただいているが、できることなら言ってきた相手に贈呈したい。取り扱い注意、一度関われば後悔必至の上司など願い下げだ。アナルドはあまり物事に頓着しないし、悔いたこともないけれど、妻に関しては全く別なので、その彼女を巻き込むような無茶な作戦を立てる上司など断固お断りといった心境にもなる。

「閣下には全く解決できる気がしませんが」

「お、おい、どうしたんだ。お前この前から態度が悪いぞ。まあ、閣下が誰かに謝るとか確かに想像できないけれど」

「やれやれ。部下たちが可愛くない。けれど、ほんといつまでも根に持つとかうじうじした態度はよくないと思うよ？」

先の北の隣国アミュゼカとの諍《いさか》いの際に、妻に多大な迷惑をかけた張本人をあっさりと許せるはずもない。どうせ微塵《みじん》も気にしていないことはわかっている。悪魔な上司は人間の精神構造を持ち合わせていないのだから。

「何かご用ですか」

「可愛くない態度にもめげないからね。どうせ、君が謝りたい相手なんて奥さん以外にいないんでしょ。絶対成功間違いなしの謝罪の仕方なら、僕だって教えられるよ」

しっかりと部下たちの会話を聞いていたようだ。

さすがは地獄耳。アナルドは短く息を吐く。

「誠意の伝わる謝罪の仕方ですよ。閣下はご結婚されておられないので、許されなくても離婚される心配はないでしょう。俺は失敗が決して許されない崖っぷちに立たされているようなものですよ。それを踏まえて、敢《あ》えてお聞きしますが、いったい何を謝ったことがあるんですか？」

モヴリスは未婚であり数々の女と浮名を流している遊び人であるが、友人が言ったように誰かに謝っている姿を想像できない。善悪の区別なく面白いと思えば実行するのだから。万が一、可能性があるとしても悪いねなどと一言告げるくらいがせいぜいだろう。そんな彼が一体どんな助言ができるというのか。

「おおう、君も言うじゃない。数多《あまた》の女性たちとうまく付き合っている僕だからこその素敵な助言があると思わないかい」

いやに自信たっぷりなところは腹立たしいが、一理ある。

アナルドは姿勢を正した。

「わかりました。そこまでおっしゃるなら伺いましょうか」

「え、聞くのか。本気で？」

友人が心底驚いているが構うものか。結局、聞いて実行するかどうかはアナルド次第なのだから。

「許される謝罪の仕方はね、とにかく矛先を変えることだよ」

「？」

「どこまで謝罪をしても怒りというのはなかなか忘れてもらえない。口で簡単に謝ったところで、どれだけ誠意が籠もっていようとも、相手が怒っている間は無意味だよ。感情を振りかざしている相手の気持ちなんて受け入れようがないしね。だからこそ、怒っている相手の状況から切り離してあげるのも大事だよ。そのために矛先を変えてあげるのさ。贈り物をしてもいいし、食事に連れ出してあげるとかね」

「閣下に謝る気が全くないのが伝わる発言ですね。物で釣ろうとする時点で、相手の怒りのボルテージは上がりますよ。誠心誠意の謝罪が一番だ。心を込めて謝れ！」

すかさず友人は上司を一刀両断した。

アナルドが友人の案を採用したのは当然のことだろう。

こっそりと決意を固めていると、モヴリスが不満げな声を出した。

そんな声を出す時の上司はわりと要注意である。

「僕の助言だって素晴らしいだろう。わかった、そんな悩める君に、上司である僕から素敵な提案があるんだよね。というか、君を探していたのもそれを伝えるためだったんだけど。わざわざ君の部屋にまで行ったのに、いないんだから探しちゃったよ」

すでにモヴリスの中で何かが決定していて押し付けられようとしている。アナルドが何を答えたところで覆らないのはわかっているが、警戒だけは怠らない。

「それほど探されたのなら、伝令すればよかったのではありませんか？」

駐屯地には伝令用の管が通されている。それを使えば、すぐにアナルドの居場所など察することができたはずだ。

「そこまですることじゃないっていうか、駐屯地中に伝えるほどでもないかなって」

どんな用事だ。

ますますアナルドの眉間に皺《しわ》が寄った。

これは碌《ろく》なことではない。

おかしい。自分は妻への謝罪の仕方を聞いたはずなのに、なぜこんなよくわからない用事を押し付けられようとしているのだろうか。

「そんな嫌そうな顔しなくても大丈夫。つまり、これは君たちへの僕なりの詫《わ》びでもあるんだから。北の地ではまあ少しだけ迷惑かけたからね。僕も反省したってわけだ」

「閣下が、反省ですか」

少しだけと言っている時点で己には非がないと言っているようなものだ。彼が仕組んでバイレッタを陥れ、その上実家の伯爵家の取り潰しを匂わせて自分との離婚を仕向けたくせにどういう認識の仕方なのだろう。

そんなだから、詫びやら反省やらといった悪魔から最もかけ離れた言葉に警戒レベルが最高潮に達するのだ。享楽の限りを尽くし、他人を不幸にすることを心底楽しめる悪魔な上司から反省などと言われたところで到底信じられない。

「なんだい、僕だっていろいろと思うところはあるんだよ。まあ、とにかく聞きなさいって。君たち夫婦でさ、旅行してくるといいよ。場所は僕が用意してあげるから。そこで謝ればなんでも許してくれるよ」

図星をさらりと無視する上司に、アナルドは首を傾《かし》げてみせる。

「旅行ですか。それは今からということでしょうか」

「そうだね、君がいなくても少ししたらここも落ち着くでしょ。結局帝都に戻るまでに二週間もかかるわけだし、休暇をあげるから遊びに行っておいで」

「随分と急《せ》かしますね」

「妻の機嫌を取るなら急いだほうがいいんじゃないの。非日常で夫婦として過ごせば、バイレッタの怒りもとけるんじゃない。しかもとっておきのお勧めの場所だ。新婚だとうるさい君たちに僕からの新婚旅行ってことでさ、どうかな」

「新婚旅行……」

「あれ、知らない？　初々しい新妻と初めて夫婦で出かける旅行だよ。まあ、家族を連れてもいいけどさ。日常から離れた場所で嫁を公然と可愛がれる男の夢と浪漫《ロマン》が詰まった旅行さ。なんと一日だけでなく何日もだよ。もともとは帝国貴族の間で流行《はや》ってたんだけど、軍や平民層にもそれなりに定着していると聞いたあの新婚旅行を愛妻家の君が知らないだって？」

随分とわざとらしい言い方ではあるものの、アナルドの表情筋がぴくりと反応した。新婚旅行、なんと魅惑的な響きなのだろうか。

何よりも惹《ひ》かれるのは、公然とバイレッタと一緒にいられるという点である。

確かに現状においてこの戦場はすでにいくつかの小競り合いを経て、そろそろ相手に攻め込む案も浮上している。ここまで中だるみしてしまったものの、近々短期決戦に出ると上層部が話しているとも聞いていた。その後で、バイレッタと旅行に行く――しかも新婚旅行――それは素晴らしい案に思えた。

「いや、なんでアナルドだけ一足先に休暇貰《もら》って、しかも新婚ってどうなんだとは思うが。旅行はいいよ。俺も嫁を連れてのんびりしようかなあ」

友人も頷《うなず》いているのでそれほどおかしな提案ということでもないようだ。

旅行など仕事以外で行ったこともないアナルドにとっては行き先を決められているということに疑いを持つことはなかった。

何より新婚旅行という響きに躍らされていた。

新婚でしかるべき自分たちには、当然の権利ではないだろうか。

「わかりました。では、バイレッタと新婚旅行に行ってきます」

「うんうん、いいところなんだよ。湖沼地帯で景色も綺麗《きれい》だしね、君なら歓迎してくれるでしょ。きっとバイレッタも喜ぶよ。ところで、君が蒼白《そうはく》になるほどの手紙の内容ってなんだったの。奥さんはいったい何を怒っているんだい」

不穏な言葉の羅列を不思議に思う前に、話題を変えられてしまい、アナルドは件《くだん》の手紙を上司と友人に見せた。短い手紙の内容は、すぐに読み終えられる。

「ええ、なんだ。おめでとうじゃないか。そうなると旅行は僕からのお祝いってことにしてもいいよ」

「まあ、こんな仕事してると仕方ないよなあ。とりあえず、おめでとう」

モヴリスは満面の笑みで、友人は苦笑気味にそれぞれ祝いの言葉をくれた。

「妻は春に出産予定でしたが、今の季節は夏ですよね。帝国内の郵便事情も悪くないのですが、この文面、彼女は怒っていないでしょうか」

アナルドは先ほどまで思い悩んでいたことを、意を決して打ち明けてみた。

途端に返ってきた二人の反応は見事としか言いようがなかった。

「あー……」

「バイレッタだもん、大丈夫だよー」

友人は天を仰いで言葉を濁し、悪魔な上司はひたすら底の知れない笑顔だ。

アナルドはそれですべてを理解した。

「やはり、崖から飛び降りたほうが――っ」

「あはは、相変わらず君たち夫婦は面白いねぇ」

「わあ、待て待て。早まるな！　閣下も笑っていないで、せめて止めてくださいよっ」

アナルドがかざした手紙の文面は、どこまでも簡素だった。

『拝啓　遠方の旦那様
無事に生まれました。
帝都にいる妻より』

第一章　結婚十年目の新婚旅行

時は遡ること半年前。

帝都は、例年より遅い春がようやく訪れ――短い春の陽気に都もそわそわしだす頃には社交界シーズンも始まり、それなりに夜会も華やぐ。先日もバイレッタは出産間際に無理を押して参加してきたほどだ。すぐに戦地から戻ってきた夫に連れ帰られてしまったけれど。

あの華やかな夜会でバイレッタの店のドレスを華麗に纏《まと》う少女を思い浮かべて、つい先日の出来事が随分と遠い過去のようにも思えた。

スワンガン伯爵家の一室に設けられた寝台の上で、バイレッタは盛大に呻《うめ》いていたからだ。

「もう少しですからね。はい、息を止めないで」

「は、はあ……ああっ」

「大丈夫、ゆっくりでいいですよ」

「レタお義姉様《ねえさま》、頑張って！」

近くにいる産婆と助手らしき女性たち、義妹のミレイナに囲まれて、今まさに出産の真っ最中だったのだ。

妊娠がわかったのは真冬だった。しかも帝都からかなり離れた北にあるミイルという町にいたのだ。そこで隣国アミュゼカの特任大使を交えてモヴリスたちと舌戦を繰り広げる毎日だった。なぜ自分はこんな場所でそんなことをしなければならないのかは謎のまま、ミイルの町で怪我《けが》を負った猟師たちの補償問題も併せて軍からそれなりの条件で補償をせしめることには成功した。その真っただ中で夫であるアナルドは次の駐屯地に派遣されてしまった。上司の嫌がらせだと散々ごねていた彼は妻の体のことを離れる直前まで心配していたが、バイレッタ自身もそれほど長く軍の施設にいたわけではない。話し合いが僅か二ヶ月ほどで落ち着いたために、帝都に戻ってきた。

春先の社交界シーズンの始まりに間に合ったのは僥倖《ぎょうこう》だった。以前懇意にしていた少女が、バイレッタがオーナーを務めている洋装店のドレスを華麗に纏って夜会に出席するというのだ。一目だけでもその光景を眺めたくて反対する周囲を押しのけ、無理やり参加したのだが、もちろんバイレッタは大満足である。西の駐屯地へと移動しているアナルドがなぜか一日だけ帝都に戻ってくる日程と重なったのは、夫の執念が実った結果だろう。バイレッタを止められなかった義父は懇々と叱られたらしく、しばらくは不機嫌に過ごしていたが、次の日にはまた引きずられるように出立した夫の姿は哀愁を帯びていた。

そんな怒濤《どとう》の日々を過ごしていたバイレッタだが、馬車に揺られたのがよかったのか、夜会に張り切って参加したのが功を奏したのか、夫が出立したその日の夜に産気づいた。スワンガン伯爵家の面々はミレイナが生まれた時で慣れているのか、準備も滞りなく配慮に満ちていた。アナルドも戦地から戦地への短い滞在の間にできうる限りの手配をしてくれたのも大きい。

思いのほか安心して出産に臨めたけれど、真夜中に陣痛が始まったバイレッタは今、何時かもわからないまま呻いているのだ。

そのまま痛みと戦うこと数時間――そんな小さな体のどこから声を出すのか、部屋中に赤子の泣き声が響いた。

それを扉の前で聞いて、号泣している男が一人いた。

「よかった、本当によかったですね」

赤みがかった茶色の髪を丁寧に撫《な》でつけ騎士然とした格好からは想像もつかないほどに憔悴《しょうすい》しきっている男は、ゲイル・アダルティンだ。

「おめでとうございます、伯爵様」

嗚咽《おえつ》交じりに微笑《ほほえ》むゲイルに当主たるワイナルドは渋面を向けただけだ。

けれど扉が開いて廊下に現れた産婆は、生まれたばかりの赤子をおくるみに包んでゲイルへ差し出した。

「お可愛らしいお嬢様ですよ、さあ抱いて差し上げてください」

「え、わ、私ですか⁉　いえ、あの……？」

感極まって流した涙も思わず引っ込み、慌てふためいたゲイルである。

家族でもない赤の他人がなぜ一番に抱く権利があるのか理解できなかったからだ。

けれど産婆は顔を顰《しか》めて、ゲイルの躊躇《ちゅうちょ》など構わずに続ける。

「なんです、こんなに素敵なお子にご不満があるとでも？」

貴族ともなれば、すぐに嫡男を求める。ガイハンダー帝国の旧帝国貴族である由緒ある伯爵家ともなると仕方がないのかもしれない。けれど、侯爵家の嫡男も取り上げた経験豊富な産婆はどこまでも強気だ。赤子は性別に関係なく貴ぶべき命である。

彼女はゲイルが父親だと思い込んで疑ってもいない。誰も涙ぐんでいない中、扉の前で感激に打ち震えて涙している男が赤の他人などと思えるわけもないのだが、もちろん困惑している彼は察することができなかった。

ぐいぐいとゲイルに押し付けてくる。

おくるみの中では小さな顔の赤子がすやすやと気持ちよさそうに眠っている。なんとなくバイレッタに似ている気がする。信じられないほどに小さくても美人なことに変わりはない。整いすぎて人形のようだけれど、時折口をもごもご動かしているところを見ると生きていることを実感する。本当に生まれたのだなと感慨深く、また涙が溢《あふ》れそうになったけれど、果たして一番に抱いてしまっていいものだろうか。

本当に？

あの嫉妬深い男の怒りを買ったりしないだろうか。

隣に立つスワンガン伯爵家当主ワイナルドを困ったように窺《うかが》えば、彼はなぜかとても愉快そうに口の端を上げていた。

「おお、そうだ。抱いてやればいいだろう」

「旦那様……」

完全に面白がっている当主を家令のドノバンが窘《たしな》めたけれど、産婆は勢いを増した。当主が勧めるのだから、どこにも問題はないと言わんばかりである。

「ほら、手はこう。こうして、抱いてあげてください」

「あ、あの……でも……は、はい」

産婆に教えられ、結局赤子を抱いてしまった。驚くほど軽いのに、怖い。ゲイルは命の重さにただ硬直する。

「しっかりあやつには報告してやろう」

「旦那様、いささか悪趣味かと……」

「ふん、知るか。仕事でいないあやつが悪い。いないくせに、しっかり注文をつけていったじゃないか。小娘の出産に関わるのは同性でなければならないとか、あの暴れ馬のような粗忽者《そこつ》の行動をしっかり制限しろとか、夜会に参加させるなど何事かと怒鳴りつけてきたのだぞ。儂《わし》は何度も止めたというのに、小娘が大丈夫だと言い張って無理やり参加したにもかかわらず、だ。挙げ句の果てには経過を逐一報告しろとまで言いおいて。息子の分際で何様のつもりだ。儂は忙しいのだぞ！」

どこまでもにやにやしていたワイナルドはこれまでのアナルドの横暴を思い出すにつれて怒りが再燃したらしい。息子に対して憤慨し始めたので、家令はため息をつきつつもう一度窘めた。

——そんな茶番劇が扉の向こうで繰り広げられていることなど露ほども知らず、バイレッタは一仕事終えた疲れから、寝台の上で健やかな眠りを貪っていたのだった。

そして春の長女の出産から、半年以上が経《た》った晩夏、ゲイルはスワンガン伯爵家の玄関ホールで膝をついていた。つまり東方の島国に伝わるという伝統的な土下座スタイルである。

彼の前にはバイレッタの夫である軍服を着たアナルドが腕を組んで仁王立ちしている。艶やかな灰色の髪に、煌《きら》めくエメラルドグリーンの瞳は涼しげで、白磁の肌は濃い色の軍服によく映える。ガイハンダー帝国陸軍騎兵連隊長であり、戦場では灰色の髪色から『灰色狐《はいいろぎつね》』と恐れられる冷酷無比の美貌の中佐だ。

その名にふさわしく無表情だけれど冷気を背負った男は、ただゲイルを睥睨《へいげい》した。

「言い訳を聞きましょうか？」

「――ありません」

今にも自分の首を刎《は》ねそうな勢いのアナルドに対して、どこまでも真摯に応じるゲイルである。

「馬鹿なことをおっしゃらないで。帰られて早々にゲイル様に無体を強いるだなんて、どういうおつもりですの」

呆《あき》れたようにバイレッタが後ろから告げれば、アナルドは邪気のない笑顔を向けてくる。

夫が帰ってきたと報告を受けて家令のドノバンとともに急いでやってきたのだが、アナルドは一足先に訪ねてきて玄関ホールで待っていたゲイルと鉢合わせしてしまったらしい。なんともタイミングの悪いことである。

嫌な予感がして駆けつけてみれば、想像以上に悪い事態になっていた。

元ではあるものの隣国の騎士を土下座させるとはどういうことだ。

「ですが、バイレッタ。間男を助長させてもいいことはありませんから」

「ゲイル様はスワンガン領地の隣国ナリスに通じる街道の舗装の進捗状況を報告に来られただけですよ。それに水防工事の今後の計画と、隣国からの旅行者の受け入れについても相談に来られていますが、いずれにせよ、お仕事です。間男だなんて失礼な言い方をなさらないでくださいな」

「春と、今もですか。春なんて俺が一度戻ってきてすぐに次の仕事のために出立した途端に、頃合いを見計らってやってきましたよね。それで娘の出産に立ち会ったとか」

なぜ回数まで知っているのか。家令にでも聞いたのだろうが、アナルドは戦地から戻ってきたばかりだ。一体いつその情報を仕入れたのかは謎である。

義父にアナルドの帰宅を知らせに向かってこの場にいない家令に、後で確認をとは思うが、今は怒れる夫を鎮めるほうが先だ。

「見計らったなんて人聞きの悪いことを……偶然そうなっただけです。私が動けないので、わざわざ帝都まで来てくださったんですよ。そんな勤勉な方に、一体なんの冤《えん》罪《ざい》を押し付けていらっしゃるの。ゲイル様ももう立ち上がってくださいな」

バイレッタが促せば、ゲイルはすまなそうに立ち上がった。

「しかし、アナルド様のお気持ちもわかります。時間の許す限りは付き添っておられて、戦場にいても頻繁に手紙を送ってこられていたでしょう。あれほど楽しみにされていたというのに、大切なご息女の出産に立ち会えなかったのですから。さぞかし落ち込まれているだろうと……」

「なぜ、俺が送った手紙の回数を貴殿が知っているのかも不思議ですね」

「あ、いや、それはその、家令殿から伺いまして。アナルド様の心情を思えば、大層お辛《つら》いだろうという話を聞いたものですから」

ゲイルの返答に冷えたまなざしを向けた夫の態度は落ち込んでいる男のものではないのでは？

しかも理不尽に叱ってくる相手を庇《かば》うだなんて、ゲイルはとことんお人よしである。

「手紙でも生まれたことは知らせましたし、どうにもならないことでしょう。今更とやかく言ったところで時間は元には戻りませんもの」

「ああ、そうでした。間男のせいですっかり遅くなって誠意が足りないと思われるかもしれませんが、出産に立ち会えず本当にすみませんでした」

途端にバイレッタに鎮痛な面持ちを向けて謝罪する夫に、嘆息する。

ようやくゲイルを責めることはやめてくれたようで安心したが、さりとて内容は気の抜けないものだ。ここで返事を間違えれば、再度理不尽な怒りがゲイルに向くような気もする。

「ですから、お仕事で仕方のないことと理解しております。それより、初めて会う我が子を抱いてはくださいませんの？」

バイレッタが抱えている赤子は一連の騒ぎにも動じず、健やかに眠っている。

アナルドが戻ってきたと聞いて、部屋で寝ていた娘を抱いてこうしてやってきたのだ。少しでも娘の愛らしさに癒やされてくれないだろうか。

スワンガン伯爵家に新たに生まれた命を、伯爵家のみならず使用人一同とても可愛がってくれる。アナルドが出産に間に合わなかったのは残念極まりないが、それを言うならアナルドが戦地に向けて旅立ってすぐに生まれたので本当にタイミングが悪かったのだ。

ゲイルを責めたところでどうにもならない。

だからこそ生まれてから初めてアナルドが帰宅したら、最初にこうして抱きしめてほしかった。

今はバイレッタに抱かれて大人しく眠っている我が子を示せば、彼はわかりやすく狼狽《うろた》えた。小さなドレスを纏った娘はどこまでも無防備で頼りなく感じるのだろう。

「こんなに小さい……」

「エルメレッタですわ。お義父様《とうさま》が名付けてくださいましたのよ」

アナルドが戻ってきたのはエルメレッタが生まれてすでに半年以上が経ってからになる。

生まれた時よりは随分と大きくなったけれど、初めて会うと小さいと感じるのかもしれない。恐々《こわごわ》と向き合うアナルドがおかしくて、バイレッタは小さな体を差し出した。

夫の腕に手を添えて抱きやすい形を作る。幸い彼女は一度寝てしまえば滅多に起きない。泣くこともほとんどなく、起きている間は興味深そうに周囲を観察している大人しい子だ。誰に似たのかは、屋敷中で納得した次第である。

寝ている顔はバイレッタにそっくりだが、目を開ければアナルドにも似ている。髪はバイレッタ譲りのストロベリーブロンドだが、瞳はアナルド譲りのエメラルドグリーン。赤子というだけで愛らしいものなのだなと親馬鹿になるくらいには可愛らしい。

「こんなに小さいのに、しっかり重いものですね」

「寝ているとより重く感じるのですわ」

日々大きく育つ娘を見ているのは楽しい。ただ一人で子供の成長を見ていた日々から、夫が近くにいるというだけで穏やかさが増す気がした。アナルドがようやく戻ってこられてよかったとも感じている。

娘を腕に抱いたままじっとしている夫に向かってバイレッタは心からの笑顔を向けた。

「お帰りなさいませ、旦那様」

「はい、ただいま戻りました」

アナルドははっとしてバイレッタのこめかみに口づけた。

両手がふさがっているので、抱きしめることはできないのだろう。それでも、不安そうにバイレッタへと顔を向けた。

「体調に問題はないと聞きましたが、バイレッタもエルメレッタも健やかですか」

「問題ありませんわ」

「それはよかった。では、新婚旅行に行きましょう」

先ほどまでの不安げな様子はなく、エルメレッタを腕に抱いたアナルドはなんの衒《てら》いもなく、言い放った。

バイレッタは聞き間違いかと思ったほどだ。

「はい？」

「新婚旅行ですよ。俺が軍を離れて旅行に行けるように命令書を閣下が作成してくださったので、問題はありませんから安心してください」

なぜかは知らないが、モヴリスがアナルドに旅行するように命令書を出して、それに自分も同行することはわかった。わかりたくはないが、どこかに行くのだなというのは理解した。

だが、新婚旅行とは？

アナルドとは結婚して十年目になる。

結婚したその日に戦場に旅立ち、便りの一つもなかった夫だ。その後八年間、顔を見たことがない夫でもあった。終戦と同時に戻ってきた時には一ヶ月の間に赤子ができなければ離婚するなどというふざけた賭けを持ち出してきた男でもある。

常識もなければ、良識もない。

冷血と名高い『戦場の灰色狐』――アナルド・スワンガン中佐。それが夫の姿であったはずだ。戻ってきて領地の横領問題や軍のクーデター騒ぎ、その上バイレッタのスパイ容疑による離婚騒動を経て、ようやく夫の愛情を素直に受け取れるようになったけれど、彼が世間とどこかずれていると感じることは度々あった。

「新婚とは結婚したての夫婦のことを言うのではありませんか？ そもそも旅行など突然行けませんよ。どれほど仕事が立て込んでいると思っているのですか」

バイレッタは帝都で縫製工場長を務めている。オーナーとして洋装店も経営しており多忙だ。その上、義父であるワイナルドからスワンガン領地の仕事の手伝いも押し付けられている。あくまでも領主は義父なので、手伝いであると言い張っているが、なぜか仕事量は尋常ではない。

妊娠出産慣れない子育てを経て、ようやく仕事復帰を視野に入れて動こうかと考えていた矢先の提案に、バイレッタは戸惑いを隠せない。今ですら、ゲイルがこうして帝都にまで来て仕事の進捗状況を教えてくれているほどなのだ。

この上、旅行など行けるはずもない。

「ですが私たちは新婚旅行というものに行っていないでしょう。せっかくなので、ぜひ行きましょう。誠意ある謝罪には旅行をするのがよいと聞きました」

「え、謝罪？　いえ、一体なんの関係が……？」

なんのための謝罪か。出産に立ち会えなかったことなら、すでに謝ってもらっているのでバイレッタの中では済んだことだ。まさか自分が送った出産を知らせる手紙があまりに遅くて妻が怒っているとアナルドが勘違いしているなどとは露ほども思わないバイレッタは、謝罪と旅行が全く結びつかない。

娘が生まれてすぐに手紙を出そうと思ったけれど、出立する時にあれほどごねた夫である。出ていった日に出産したと言い出しづらい。忙しい彼の邪魔になってもいけないし、ましてや手紙を読んで下手に里心がついて帰ってくると騒ぎ立てるかもしれない。普段は冷静な夫ではあるけれど、出産の準備に何くれとなく世話を焼く姿を見ているだけに不安に駆られて躊躇してしまった。性別だってうっかり書いて戦地であるにもかかわらず服だのおもちゃだのを買いたいと言い出すかもしれない。何が刺激になるのか読めないので下手なことは書けない。正直、出産してすぐはそれどころではなくて、気がついたら半年経っていたという感じなのだが、家令のドノバンからアナルドに知らせたかと尋ねられてようやく気がついたのだ。すでに時間が経ちすぎていて、てっきり誰かが知らせているものだと思っていたし、アナルドからの手紙は体調を気遣う内容ばかりでまさか生まれたことを知らないとは思わなかったという勘違いもある。

すれ違っていると微塵も気づかない夫は、滔々《とうとう》と語る。

「閣下からも勧められたのです。湖沼が広がっていてとても綺麗なところらしいですよ。時期は外れているのでちょうど観光客も少ないらしく、静かなのだとか。この前バイレッタに迷惑をかけたので彼も反省を兼ねているとのことですよ」

迷惑をかけた程度で済む話だと本気で思っているのか。あの悪魔が反省などと殊勝な態度を取ることすら信じられないというのに。

「場所は帝都の南にあるヘイマンズ領です」

「ヘイマンズ領だと？」

義父であるワイナルドが、やってきた途端に素っ頓狂な声を上げた。アナルドの帰宅をドノバンから聞いてやってきたのだろう。憤慨する義父の後ろで、静かに控えている家令は困惑げに成り行きを見守っている。

「貴様、あやつの領地に何をしに行くつもりだ」

「ですから、旅行です」

アナルドは無表情で答えたが、義父は顔を真っ赤にして怒鳴り散らした。

「旅行だと⁉　なんて呑気《のんき》なのだ、この愚か者めっ」

「何かありましたか」

義父の反応にアナルドが不思議そうに妻を見やるが、バイレッタも首を傾げるしかない。

「ご覧の通り、お義父様ってば先の領主会談からすこぶる機嫌がよろしくないのですわ。何かにつけて文句ばかりを述べられますのよ。けれど、ヘイマンズ伯爵家と何かあったとは知りませんでしたわ」

夏の初めに皇城で行われる領主会談は、各地の領地の課税報告書などあらゆる資料を集めて大規模な報告会と相談会になる。旧帝国貴族の高位貴族たちが集まって互いの領地についての話し合いをするなど、バイレッタに言わせれば盛大な自慢話大会だ。どれだけ自領が豊かであるか、帝国の繁栄に貢献できているかを語らうのだろうと思っている。もちろん各領地の発展がそれぞれの事業の妨げにならないような配慮や根回しも必要になるので、そう単純な話でもないのだが。

スワンガン伯爵家は二代続けて軍人を輩出している血迷った家系であるとはいえ、間違いなく旧帝国貴族派の中でも上位だ。しかも財力もあり、新規事業を進める上で皇帝から直裁を貰えるほどには懇意の間柄である。

　それを面白く思わない者も当然出てくる。

　筆頭は帝国議会を牛耳っているギーレル侯爵家だ。けれど、今回は一度も聞いたことのないヘイマンズ伯爵家である。

「別にヘイマンズと何かあったわけでは……そもそも小娘には関係ないだろうっ」

「あらお義父様ってば、いつも困ったことがあれば私に押し付けてくるじゃありませんか。まさか自覚がおありでないとは存じ上げませんでしたわ」

「なんだと？　ふん、放っておいても勝手に取りかかるのは貴様のほうだろうが」

　バイレッタが怒りに火をつければ、わかりやすくワイナルドは着火する。

　けれど、憤慨するだけで決して不機嫌の理由を語ろうとはしないのだ。家令のドノバンに尋ねても、彼も何も聞かされていないらしい。結局、義父の口から説明されなければわからないのだ。

「放置するのがよくないとお話しさせていただいているのですが……」

　バイレッタが苦言を零《こぼ》せば、ゲイルが困ったようにワイナルドへと申し立てる。

「こちらも領主会談で何があったのかきちんとお聞きしたくて来たというのもあります。先日の会談の後から、他領から妨害されるかもしれないなどという噂《うわさ》が流れて、領地の者たちも怯《おび》えているのです。街道整備や水防工事の現場でも混乱しておりまして。ナリス王国からもいつ頃に街道整備が終わるのかと問い合わせが来ていますので、そちらの返事もいただきたい」

ますます義父の渋面は険しくなったが、悪いのは全面的に黙っている義父だ。

領主会談で何があったかはわからないが、悪意ある噂を放置するのも拙《まず》い。遠く離れているため現場が混乱してしまうと簡単に立て直すことが難しいのだ。先に方針だけでもきちんと決めておかないと指揮官の迷いや不安が現場に伝わってしまうという判断だろう。

バイレッタも再三問い合わせを受けていたので、ゲイルの懸念は大いに理解できるものだ。そのため何度か嫌がる義父に尋ねていた。

けれど、ワイナルドは決して口を割らなかった。宥《なだ》めすかして、おだてて、時折事業に支障が出ると叱り飛ばして。あの手この手で話を聞こうとしたバイレッタだったが、いい加減に痺《しび》れを切らしたともいえる。

「お義父様、白状なさるなら今ですわよ」

「しつこい。別に何もないと言っているだろう」

「では、ヘイマンズ領に新婚旅行に行きましょう」

アナルドはにっこりと微笑んでいるが、ワイナルドの態度は怪しいことこの上ない。

しかもこの忙しい時期に旅行するなど義父が許すはずもない。

「今のお話を聞いておられましたか。お義父様の許可など、とても下りそうにありませんけれど」

バイレッタがちらりと渋面の義父を見やれば、彼は同じ表情のまま頷いた。

「行ってきていい」

「正気ですの⁉」

あれほど機嫌が悪かったたし、旅行にも反対していたようだったのに存外にあっさりと許可が出た。てっきりアナルドへの嫌がらせのために断ると考えていたのだが。しかも、この立て込んでいる時期に本気だろうか。

「この時期に動かなければナリスへの街道整備どころか水防工事も怪しくなりますが。ゲイル様から進捗状況を確認して、必要ならば冬が始まる前に領地に視察に行く約束でしたでしょう」

「そんなもの、儂だけでなんとかなる」

義父の口から信じられない言葉を聞いた。

まさか、一人で領地に向かうというのだろうか。

散々、バイレッタが引っ張っていかなければ動かなかったあの義父が。もしくは無理やりバイレッタを付き合わせていたあの義父が！

驚愕《きょうがく》が顔に出ていたのだろう、盛大に顔を顰められた。

「儂が直接領地に行って指導してやる。それで文句はないだろう。お前はさっさと旅行でもなんでも行ってくればいい」

「え、お義父様、本気でおっしゃっています？　私は一人しかいないので、スワンガン領地には一緒には行けませんわよ」

「本当に伯爵様だけで動かれるのですか？」

バイレッタが心配して告げれば、ゲイルですら不安げに口を開いた。

それがワイナルドの怒りをますます煽《あお》った。

「いい加減にしろ。領主は儂だぞ、小娘なんぞがいなくてもなんとかなる。安心しておけ。それより、いいか、お前たちは必ずヘイマンズ領に行くのだぞ」

義父は渋面を作ってはいるが、よほど追求されたくないのだろう。一方的に言い切る。けれど確かに許可は出た。

だがバイレッタは愕然《がくぜん》とする。

これまで領主をやる気にさせるのにどれほど苦労したのか。それが、こんな簡単にいくとは。

新婚旅行とはなんとも魅惑的だ。やる気のない領主を独り立ちさせる言葉であると知る。

これはなんとしてでも新婚旅行に出なければならない。これでワイナルドが今後領地に一人で行ってくれるようになれば、バイレッタとしても随分と楽になる。何より商売に専念できるというものだ。

青ざめているゲイルには多少の申し訳なさはあるものの、義父の領主としての独り立ちを見守る親のような気持ちになった。

「若奥様は慣れない子育てにかかりっきりで、その上これからはお仕事も精力的に始めようと忙しくされていましたから。たまには息抜きも必要ですよ。旦那様の許可も出たことですし、この機会にぜひ少しでも静養されてはいかがですか」

ドノバンが心配げにバイレッタを見やって声をかけてくる。滅多に意見することのない家令の言葉も後押しになったが、バイレッタにはまだ懸念事項があった。

「でも、エルメレッタを置いては行けませんわ」

「いえ、エルメレッタも一緒ですよ。我が子を置いていくわけがないじゃないですか。友人からは生後半年経ってから旅行に行くのはよくあることだと聞きました。ヘイマンズ領なら近いですから、子供を連れていくにも安心できる場所ですよね」

「え、新婚旅行とおっしゃいませんでした？」

「はい、新婚旅行です。楽しみですね」

夫は珍しくうきうきとした声を出したが、なぜ新婚旅行にエルメレッタも同伴するのだ。けれど、娘も一緒なら心配事は一気に減って、途端に旅行が楽しみになった。

最終的にはワイナルドの同行で一番苦労するはずのゲイルからもぜひ楽しんできてほしいと頼まれた。彼はエルメレッタの出産に立ち会えなかったアナルドにひたすら同情しているらしい。自分が立ち会ってしまったので、罪悪感が強いのだろう。

何よりヘイマンズ領は帝国の中でも有数の観光名所の一つなのだ。仕事と無関係でどこかに遊びに行くことなどバイレッタも幼い時以来初めてのことだ。つい浮かれてしまった。

だが、そのための準備は本当に大変だった。

仕事を再開しようとした矢先の旅行である。帝都の縫製工場長の仕事を秘書のドレクに押し付けて、スワンガン領地の仕事はもちろんワイナルドに丸投げした。

そして最後の難問に立ち向かうことになる。

バイレッタは出されたお茶を一口飲んで、ご機嫌にエルメレッタを抱っこしている男を見やった。見たことがないほどにデロデロの笑顔を向けて、必死に赤子に話しかけている。

これが大陸全土にその名を轟《とどろ》かすハイレイン商会の会頭であるサミュズ・エトーとはとても思えない姿だが、実家の母に確認したところバイレッタの赤子の時にも同じような光景を見たことがあるとのことだった。

まさかと信じられない思いだったが、今娘を猫可愛がりしている叔父を見ると、本当にそうかもしれないとも思い直す。

そもそも前回の騒動でアナルドと離婚できたことを喜んでいた叔父に実は離婚していなかったことを告げた途端、では今すぐに別れる手続きをしてあげようと物凄《ものすご》い笑顔で言われたほどなのだ。多大なる迷惑しかかけない軍人などとは縁を切ったほうがいいと言い張る叔父が、一瞬で前言を撤回してくれたのも妊娠を告げたからである。

それはもう見事な態度の切り替えだった。離婚の話など一瞬にしてそっちのけで、何くれとなく気にかけてくれて初孫を喜ぶ好々爺《こうこうや》のように大量の贈り物が届いた。

そんなサミュズは、エルメレッタが生まれた頃から彼にしては珍しくわりと長期に帝都に滞在している。数日出かけたと思ったらすぐに帰ってくるほどである。そして決して近寄ろうとしなかったスワンガン伯爵家に頻繁に顔を出している。ちょっとした手土産を見る限り、遠方の土産のようではあるが、移動時間が不思議すぎる。こんなに子供が好きだとは知らなかったが、バイレッタの兄はそこまで可愛がられていないので母似のこの顔立ちが本当に好きなのだなと実感するやら呆れるやらだ。

とにかくこれまでは静観してきたけれど、意を決して伝えなければならない。

今回の旅行にエルメレッタも連れていくことを。

「叔父様、しばらく帝都を離れるご予定はありませんの？」

「なんだい、突然。君に心配されなくても、ちゃんと仕事はしているよ」

「いえ、叔父様の仕事が順調なのは聞き及んでおりますが。最近、遠方の話を聞かないのでちょっと気になりまして」

「しばらくは帝都を離れるつもりはないかな。面白い商談もないしね」

冗談でしょう、と叫ばなかった自分を褒めてやりたい。

あの守銭奴の仕事人間が、商売に関しては大陸全土に情報網を広げ常に獲物を狙うかのごとくに神経を尖《とが》らせているあの叔父が。

面白い商談がないとまで言い切った⁉

バイレッタは手に持っていたカップを思わずがちゃんと音を立てて皿に戻してしま

った。動揺が如実に表れている。

これは重症だ。

病気だとしたらしばらく完治の見込みがない。さて、どう切り出したものかとバイレッタは考え込んだ。

「バイレッタ、そろそろ準備はできましたか？」

叔父とサロンでお茶をしていたところに、アナルドがやってきた。

サミュズを見て、目を瞬《しばたた》かせている。

客が来ているとは思わなかったのだろう。しかも普段近寄ってくることのないサミュズである。屋敷で見るとは思わず、しばしアナルドが固まったようだ。

「やあ、久しぶりだね。バイレッタと離婚したと聞いて以来になるのかな。北にあるミイルの町では会わなかったから。エルメレッタが生まれてもしばらく見なかったけれど、いつ戦場から戻ってきたんだい」

「そうですね、先日になります」

「そうか。可愛い娘が生まれてから随分経っているね。そんなに長く帰ってこない父親などすでに親ではないだろう。なあ、エルメレッタ」

小首を傾げて娘に語りかけている叔父の嫌味なことといったら。バイレッタはやれやれとため息をつく。せっかくゲイルのことが一段落したのだから、そこには触れないでほしい。

情報通の叔父がアナルドが戦地から戻ってきていることを知らないわけはないと思うのだが、いかにもわざとらしい演技にバイレッタの頭も痛むというものだ。

本当にアナルドが気に食わないのだな、とわかる。確か、実家の父に対しても同じ態度を貫いていて、父のほうが叔父から逃げ回っていたような記憶がある。それに対して、アナルドは会話しようとするだけましな部類なのだろう。

「旦那様の職業柄仕方がないでしょう。叔父様、そんなことを言いにわざわざ来られたのですか」

「いや、エルメレッタの顔を見に来たに決まっているだろう。ところで、バイレッタ。準備とはなんだい」

話を逸《そ》らそうとしたバイレッタは、うっと言葉に詰まった。けれど、アナルドがあっさりとその先を続ける。

「新婚旅行に行きます。エルメレッタを連れて」

「新婚旅行って、貴様は新婚の意味を知っているのか。なぜ子供を連れていく？　エルメレッタは置いていけ。この頃の子供は少し会わないだけで顔が変わるんだぞ。バイレッタの時だって半年後に帝都に戻ってきたら、驚くほど成長していたんだ」

「この時期の子を母から離すだなんてあり得ませんね。それにヘイマンズ領ですよ、なぜ連れていかないと思いますか」

「ヘイマンズ領……ああ、そうか、この時期ならなるほどね。貴様にしては随分と子煩悩な話だな」

「もちろんです」

反対していた叔父が、なぜか一転して納得し始めた。そして、アナルドもいやに自信たっぷりに頷いている。

「子煩悩とはどういうことです？　ヘイマンズ領にエルメレッタを連れていく理由があるのですか」

「ん？　バイレッタは聞いたことがないのかい。この時期のヘイマンズ領は子供の成長祈願を行うらしいよ。私も詳しい話は知らないが、領主館のある町をあげて盛大に子供の健やかな成長を願ってくれると聞いたな」

「アナルド様はそれにエルメレッタを連れていきたいとお考えですか」

「そうです。生後半年で出かけるなら、ちょうどいい時期だからと閣下からも勧められました」

新婚旅行はともかく、エルメレッタをヘイマンズ領に連れていきたい理由はわかった。我が子の成長祈願をしたいと望むアナルドに、バイレッタも俄然《がぜん》、乗り気になった。

「それなら、初めからエルメレッタの成長祈願とおっしゃっていただければよろしかったのに」

「いえ、新婚旅行には変わりありませんから」

なぜ、それほどに新婚旅行に拘《こだわ》るのか。相変わらず何を考えているのかわからない夫である。

サミュズは小さく息を吐いて話題を変える。

「そういえば、ヘイマンズ領は近年軍人に対してあまりいい噂を聞かないけれど、その件でも動いているのかい」

「ええ？ それは初めて聞きましたわ。どちらかといえば、ヘイマンズ領は貴族派の中でも軍人に好意的だと言われていましたよね。アナルド様、どういうことですの？」

「閣下からは行ってこいと言われただけですが」

思わずアナルドを睨《にら》みつければ、珍しく戸惑っている夫の姿があった。

ワイナルドだけでなく、モヴリスからも何かがあると勘繰ってしまう。

「すまない、余計なことを言ったようだ。ドレクからも聞いたよ。仕事を離れてゆっくりできる時間を作るんだろう。多少の懸念はあるけれど、まあ気負いすぎないように行っておいで」

「やっぱり旅行のことをご存じだったのね。叔父様が知らないはずはないと思いましたわ」

バイレッタの秘書のドレクは兄弟子でもある。叔父は師匠にあたるので彼は頭が上がらないのだ。大抵の情報は叔父に流れているのに、バイレッタがヘイマンズ領に行くことをサミュズが知らないはずがない。わざと知らないふりをしていたのだ。

「前にも言ったと思うけれど、直接可愛いバイレッタの口から聞きたいものなんだよ。ああ、でもこんなに愛《め》でているエルメレッタと離れることになるのか。いや、そうだ。私もついていけばいいのでは？」

叔父が名案を思いついたと言わんばかりに顔を輝かせた。

「新婚旅行に叔父がついてくるなど聞いたことがありませんが」

「だからなぜ新婚旅行なんだと聞いているだろう。せめて家族旅行と言え」

アナルドが困惑げに問えば、サミュズが始まりの文句に戻る。

「家族旅行なら私がついていっても問題はない」

「叔父様、仕事が溜《た》まっているとドレクからは聞いていますが……」

なおも駄々をこねる叔父を見て、バイレッタは仕方なく叔父の秘書から頼まれていた内容を伝える。ドレクが頼み込まれていて、それをバイレッタが引き受けた形だ。

「どうせ私の秘書からの差し金だろう。はあ、ならそろそろ東にでも行くかな」

「そうしてください。こちらは半月ほどで戻ってきますよ」

「わかった。それに合わせよう」

大商人たる叔父の予定をあっさりと決めさせるエルメレッタに末恐ろしいものを感じながら、なんとかヘイマンズ領に行く許可が取れてバイレッタはそっと胸を撫で下ろす。

「ところで、叔父様。一つお願いがあるのですが、私の見立てでアナルド様の服を一式あつらえたいのです」

話が落ち着いたので、バイレッタは予《かね》てからサミュズに頼みたかったお願い事を口にするのだった。

　こうして青い空の下、馬車に揺られて牧草地帯を眺めていると、これまでの怒濤の日々が蘇《よみがえ》ってきて遠い目になってしまうのも致し方ない。

　今、バイレッタはスワンガン伯爵家の若妻らしい洗練されたドレスを身に着けている。ヘイマンズ領はゆったり馬車に揺られて一日もかからない場所にある。湖沼地帯で遠目に見えるミッテルホルンの雄大さを美しく見られる景勝地としても名を馳《は》せている。

「そろそろ休憩にしましょうか」

　ワイシャツにスラックスというラフな服装のアナルドが、バイレッタの顔を覗《のぞ》き込んで小さく頷いた。今回はアナルドは軍人ではなく、スワンガン伯爵家の嫡男として行動しているらしい。全く家のことになど興味はないくせに、嫡男として扱われるのは特に拘りもないようだ。彼は御者と後ろからついてくる荷馬車に合図を送って街道の脇に停車させる。

　木陰にバイレッタを座らせれば、南方らしい強い日差しが柔らいで心地よい風が吹く。その横にアナルドも座り、伸ばした膝の上に先ほど起きたばかりのエルメレッタを座らせた。彼女は寝起きだろうがほとんどぐずることがない。ただ珍しいのか、本日もきょとんと同じ瞳の色をした父親を見つめている。

アナルドも慣れたもので、娘の視線を気にしつつバイレッタに耳打ちした。

「もうすぐヘイマンズ領に着きますが、何か心配事ですか」

「見送りの時のお義父様の態度が気になりまして」

あからさまに視線を逸らして、バイレッタの追求を躱《かわ》そうとしてくるのだ。

何かあると不安が募るのも無理はない。

「新婚旅行ですよ、父のことは気にする必要はありません」

心底不思議そうに首を傾げるアナルドに、バイレッタは苦笑するしかない。

結婚してから十年目に行く新婚旅行など、バイレッタでなくとも聞いたことがない。

帝都はすっかり秋なのに、まだまだ真夏を感じさせる日差しと風に、ここがすでにガイハンダー帝国の南方だと実感する。ミッテルホルンのお膝元とは、それほど距離は離れていないのに随分と異なるようだ。そもそも標高が違うので、山を下るだけでも気候は変わる。

「はい、旅行ですわね」

暑さが戻ったので、夏らしい気候を満喫すればいいのだ。よく考えれば、今年は初めての育児と仕事に追われて帝都の短い夏を堪能《たんのう》できなかった。夏をやり直すいい機会だ。

何より初めての家族旅行。仕事も一切しないと決めているので楽しみは増すばかりである。

「少し離れたあちらに広がるのは秋撒《ま》き用の耕作地で、今は準備の真っ最中ですね。帝都とは全く趣が異なりますから、興味深いです。帝都にずっといてはわかりませんもの。馬車の中からも景色が変わるのがよくわかりました。エルメレッタも熱心に眺めていましたし楽しそうで、こうして来てよかったと思いましたわ」

「ああ、そうですか」

あまり積極的に会話をするつもりはないのか、アナルドからぽつりと零れた言葉は静かで翳《かげ》を感じさせた。反応は鈍く、向けた視線が交わることもない。

「どうかされましたか？」

これまでの穏やかさが鳴りを潜めたので、バイレッタは思わずアナルドに問いかけた。

何か彼の気に障るようなことを言ってしまっただろうか。

「ああ、いえ。少し考えてしまいました」

アナルドはそのまま思案げな顔をする。

昔なら意地になって問いただしただろうか。けれど、今は彼の表情を心配するだけだ。随分と自分も穏やかな性格になったものだなと実感する。

「こうして帝国の南領を眺める日が来るとは思いませんでした」

そこに込められた感情は複雑で、どこか寂寥《せきりよう》感が漂う。

冷酷だと評判の中佐の姿はなく、ただ一人の軍人としての感想のようにも思えた。

彼が南に行く時には遠征だったのだろう。派兵の一環で、途中の領地など景色を眺める余裕もなかったのか。それともそんな気持ちにもならなかったのか。目的地までの通過点の一つに過ぎなかったのかもしれない。

軍人ではないバイレッタには想像するしかないが、それは当たっているような気もした。

けれど、彼の寂しさには寄り添える。今、隣にいるのは自分なのだから。

「私も、この子も傍にいますよ」

アナルドは目を眇《すが》めて、ゆっくりとバイレッタの肩に頭をくっつけた。

「エルメレッタは貴女《あなた》にとても似ていますね」

「性格は確実に旦那様ですわ」

「そうですか？」

肩に頭を預けながら、しげしげとアナルドはエルメレッタを見つめている。エルメレッタも同じように見つめているので、親子の視線はしっかりと合わさっている。けれど、全く温度を感じさせない冷静な二対の瞳に、バイレッタは苦笑するしかない。

まるで鏡に映っているようにそっくりではないか。

「周囲をよく観察していますし、あまり話さないでしょう」

「貴女の中の俺のイメージはそんな感じなのですか」

「口数が多いなんて言われたことあります？」

「妻に関してはよくしゃべるとは言われます」

誰に！　何を言ったのか!!

これは突っ込んだら絶対自分が恥ずかしいやつだ。

わかっているので、敢えて避ける。

「エルメレッタは話せないわけではないのですよ。一人の時は話す練習をしている声を聞くと子守が話していましたから」

「なるほど。では、ぜひその成果を聞きたいものですね」

人といる時は言葉を聞きたいのか、じっと口を開かず観察しているが、一人きりになると発語の練習をしているらしい。バイレッタから見れば、なんと賢い子なんだと若干引いたものだが、その愛らしさにメロメロになった子守が微笑ましげに報告してきたことを思い出す。

「では、賭けをしましょうか、バイレッタ」

「今、ですか？」

「いつでも俺と遊んでください」

「旅行も十分な遊びでしょうに」

アナルドは退屈しのぎというわけでもないのだろうが、時折こうして賭けを持ち出してくる。本人からも妻を喜ばせる簡単な遊びだと嘯《うそぶ》いているので、道楽しない彼にとってはそういうものなのだろうと納得している。

納得しているが、どこかもやっとするのは夫が妻を喜ばせたことがないからだ。毎回なぜか負けるのがバイレッタで、恥ずかしい約束事を取り付けられるのもバイレッタだからである。アナルドからしてみれば、妻を喜ばせる接待らしいので、バイレッタが勝つような内容にしているというのだが、結果的に彼も不機嫌になる有様《ありさま》である。いつだったか、賭けに勝ったはずの夫のほうがあまりに不機嫌になるのでつい問い詰めたバイレッタに、不本意ながらと白状したアナルドには絶句したものだ。

それでもこうして遊びを口にするのは口下手な彼なりのコミュニケーションの取り方なのだろう。

「最初にエルメレッタがパパと呼ぶか、ママと呼ぶかというのはどうですか。勝てば負けたほうの言うことを一つ聞いてください」

思いのほかアナルドらしくない賭けの内容に、思わず笑みが零れた。

子供の成長を見守っているつもりなのだろうか。彼の考えはわからないが、絆《ほだ》されたのは確かだ。

パパと呼ばれたいと、アナルドでも思うのかもしれない。

軍人である彼からは考えられない姿だけれど、そんな彼を知っているのはバイレッタだけだと思うとなんとなく胸が温かくもなる。

「パパと呼ぶほうが早いと思いますわよ。なんせ日頃からパの音は発語できていますから」

「なるほど、では俺はママと呼ぶほうに賭けましょう。エルメレッタ、ママですよ。わかりましたか」

生真面目な顔で娘の顔を覗き込んで、言葉をかけているアナルドはちゃんと父親なのだなと変なところで感心した。エルメレッタは意味がわかっているのかいないのか、変わらずきょとんとアナルドを見つめている。けれど時折、バイレッタに視線を向けてくる。ただそのエメラルドグリーンの瞳は何度見ても、面倒事を押し付けないでと言わんばかりの呆れた光を宿しているような気がした。

◆　◆

木陰で微笑み合う家族を、やや離れた荷馬車の近くから見つめる視線があった。

紺に近い藍色の髪に青い瞳を細めて、長身のヴォルミがぼやくように隣にいる者に声をかける。

「微笑ましい光景なのに、なんでか背筋が寒くなるんだよなあ」

その隣にいた茶髪のサイトールは、金に近い琥珀《こはく》の瞳にどこかほの暗い翳を落としながら平板に告げる。

「本性をよくよく知ってるからだろう。どう考えても一筋縄でいく家族じゃない。微笑ましさなど感じるわけがないんだ。だいたいあの子供の気配は中佐そっくりじゃないか。なんであんなに嫌な目つきなんだ」

普段から迷惑をかけられている男の実感の籠もった声に、あははと乾いた笑いが重なった。金茶色の髪をした小柄な青年のケイセティがのんびりと応じる。

「小隊長、子供相手に言いすぎじゃないですか？　まあ、あんまり根詰めないでくださいよ、先は長いんですからね」

「これがぼやかずにいられるか。私こそ、正真正銘の新婚なんだぞ。それがなんで結婚休暇もとれなければ、上官の十年目の新婚旅行などというものに付き添って挙げ句の果てには子守要員を仰せつかるんだ⁉」

「そんなこと言ったら、僕だって少しもミイナといちゃいちゃする時間がないんですよ。どうしてこんな目に遭ってるんですかね」

「結婚できるだけありがたがれ、ケイセティ！　俺なんか次から次へと仕事に呼び出されて、女といちゃこらできる時間どころか、見合いの時間だってとれないんだぞ。特務っていやあ集められて！　子守の何が特務なんだあっ」

「お前たち、鬱憤が溜まってるのはわかっているが、そんな大声出してたら中佐に睨まれるぞ。あの人、夫人と一緒のところを邪魔されるのをすごく嫌うからな。そろそろ黙ろうか……」

「小隊長が最初に言い出したんでしょうが」

ヴォルミが責めるように口を尖らせれば、素直に小隊長は謝る。

「悪かった。ただ、これが終わったら私は絶対に結婚休暇をとるんだと言いたかったんだ」

「小隊長ってば、こんな時にその言葉？　軍人あるあるを知らないんですか。特攻前にこの戦が終わったら幼馴染《おさななじ》みと結婚するんだって話すと死ぬっていうジンクス有名じゃないですか。聞いたことありません？」

「いや、私は結婚しているしな。休暇がほしいって言っただけで死ぬのか？」

「その場合、休暇がとれないって話になるんじゃないですか。やめてくださいよ、俺絶対今回のことが終わったら休暇とって結婚するんですから」

二人の会話を聞いていたヴォルミは大げさに嘆いてみせる。

だがすかさずケイセティに冷ややかに窘められた。

「ヴォルミさあ、それいつも言ってるから。それこそ死亡のジンクスじゃなくて結婚できないやつでしょ。ヴォルミは性格的に結婚に向いてないんだって。いや、むしろ星回り的にというか運命的にというか？　とにかく諦めることが大事だね」

「ちょ……っ、ほんとお前、そういうところだからな。だからいじめられるんだぞ。仲間が傷ついてたら慰めろよ」

「何言ってるのさ、僕をいじめてるのはヴォルミだけでしょ。それにちゃんと相手を見て言葉をかけるよ。だから、諦めろって言ってあげてるじゃない」

「このやろうっ」

拳を振り上げたヴォルミを、胃を押さえたサイトールが止める。

「お前たち本当に、いい加減にしろっ。そんな態度だから、面白がった閣下に命じられて今回もこの三人で特務につくことになったんだろう。いいか、騒ぎ立てて私の胃をこれ以上壊さないでくれ！」

北の地でアナルドの命令でバイレッタの護衛をしていたことをモヴリスが知って、サイトールの他にヴォルミとケイセティが揃《そろ》って呼び出されたのはつい先日だ。同じように大将の前でぼやいていた部下たちを叱り飛ばしていたら、すっかり気に入られたというわけだ。なぜだと何度疑問をつぶやいたかしれない。

サイトールの胃痛も増すばかりである。

しかも表向きの特務の内容は子守だ。

表立って動けないからといって子守はない。軍人の任務からはかけ離れてやしないだろうか。しかも全く子守向きではない三人である。旅行に出立する前にバイレッタに挨拶すれば、彼女も訝《いぶか》しんでいたくらいだ。一般人にさえ疑われるような内容を表向きに持ってくるのはどういうことだろう。

軍では上下関係は絶対だ。上官命令なら従うのは決定事項である。そもそも拒否権はないのだが、命じたのが悪魔な大将なので、本当にどうにもならない。仕事なのだから諦めるしかない。

だが、つい三日前に結婚式をあげたばかりのサイトールは、帝都から離れた地にいる理不尽さを嚙《か》み締《し》め痛む胃をさすりながら、絶対に結婚休暇をもぎとってやると心に誓うのだった。

◆　◆

バイレッタたちが目指しているヘイマンズ領は、湖沼地帯だ。面積はスワンガン領地よりやや広く、帝都から南への主要な街道を担っている交通の要衝でもある。平坦《へいたん》な地形は見通しがよく、穏やかな馬車の旅が約束されている。けれどまだまだ残暑の厳しさもある時期で、観光の時期としてはオフシーズンだ。この時期に発生する豪雨が主な理由であった。昼過ぎから夕方まで、突如として大雨が降るのだ。

だからこそ向かうのは午前中のうちと決めていた。

ヘイマンズ領の別荘地帯の一つをなぜかアナルドが用意してくれた。他領に興味のない義父がヘイマンズ領に別荘を持っているはずもないので、今回の旅行のためだけの一時的なものだ。どういう伝手《つて》なのか不思議に思ったが、詳しく話を聞けばモヴリスの配慮らしい。その上子守要員として、サイトールたちをつけてくれた。出立する朝に三人が挨拶に現れた時には驚いたが、乳母しか連れてきていなかったので厳重な態勢である。

付き合わされる彼らには同情しかない。しかも領主が軍人嫌いになったなどと噂のある場所に連れていかれるのだから、尚更だ。彼らの心労はいかばかりか。

労《ねぎら》えば、死んだような目で特務ですので、としか言われなかった。

彼らの軍人としての矜持《きょうじ》は立派である。

領主館のあるイイレゴの町の東側に別荘地帯はあった。

閑静な町を抜け、林をいくつか過ぎたところで白い建物が見えてきた。

湖面がきらきらと輝いて、青い空を映し、建物の壁も光を反射している。

見知らぬ土地であるので、バイレッタは窓から見える景色に胸を躍らせていた。

別荘地帯ということもあり、隣家とは離れてはいるが、林の向こうにいくつかの建物が立ち並ぶのもわかった。

立派な門扉の前には門番がいて、快く出迎えてくれる。

貴族用の借り物の別荘にはヘイマンズ領主の計らいで屋敷の運営管理に必要な人材が常駐しているらしい。モヴリスの配慮はサイトールたちだけなので、領主のありがたい配慮をそのまま受け入れ、今回の旅行の人手は必要最小限しか連れてきていない。

軍人嫌いと聞いたのでどんな屋敷を用意されるかと身構えていたが、そんな嫌がらせはないらしい。配置されている使用人たちも普通に思える。スワンガン伯爵家として訪問すると告げているからかもしれない。

車止めで馬車が停《と》まったので、バイレッタはアナルドのエスコートで馬車を降りる。

エルメレッタは、また健やかに寝ているのでアナルドが片手で抱えていた。

玄関口では執事らしき初老の男がバイレッタたちを出迎えてくれた。

「ようこそ、ヘイマンズ領へお越しくださいました。長旅、お疲れさまでしたね」

「しばらくの間、頼む」

「かしこまりました。まずは部屋のご案内をいたします。お荷物は運んでおきますね」

アナルドは歩き出した執事の背を追いながらバイレッタの手を引いた。

「少しはゆっくりできそうですか」

「そうですわね、仕事はないのでのんびりします。それに静かで落ち着けそうですよ」

用意された屋敷は帝都のスワンガン伯爵家よりも小さいが、部屋数は多そうだ。サイトールたちが駐在しても問題はなさそうである。

「お連れ様方も別にご案内しておりますので、後ほどお会いされるとよろしいでしょう。昼は過ぎてしまいましたが、お茶の用意はしております。サロンにご用意いたしましょうか」

「そうね、お願いするわ」

奥向きの差配は妻の仕事である。バイレッタが頷けば執事は承知しましたと頷いた。

「今は観光シーズンではありませんので、近隣は静かなものですよ。隣は滞在されていらっしゃいますが、距離はありますから会うこともないでしょう。こちらがお部屋になります。庭園がよく見えますし、林の向こうには湖も望めますよ」

二階の奥の部屋に案内した執事の言葉の通り、手入れの行き届いた庭園の青々とした緑が眩《まぶ》しい。花壇には花も咲き誇っているので、目を楽しませてくれた。

綺麗に整えられているので、古臭さは少しも感じない。屋敷にも定期的に手を入れているのだろう。内装の豪華さには目を奪われるが、品がよいので居心地が悪いということもなかった。

部屋に待機していたメイドが運ばれてくる荷物をてきぱきと片づけていくのを眺めていると、時間を見計らった執事が声をかけてきた。

「お茶の用意ができたようなので、サロンへご案内いたします」

執事の案内で、そのまま一階の日当たりのよさそうなサロンへと足を運ぶ。

「若様、お嬢様をお預かりいたします。お嬢様のお部屋はお二方のお近くになりますのでお連れしておきますね」

サロンに顔を出せば、連れてきた乳母が慣れた手つきでエルメレッタをアナルドから預かってくれた。

「ありがとう。貴女もゆっくりできそうかしら」

「はい、お嬢様の近くに部屋をご用意いただきましたので」

「そう、よかったわ」

ちなみにサイトールたちは馬に乗ってやってきた。サロンに顔を出していないところを見ると、与えられた部屋で休んでいるのだろう。

「今回はヘイマンズ領の旬の食材をふんだんに使わせていただいております。夕食も期待しておいてください」

テーブルいっぱいに並べられた軽食とお茶は、バイレッタの目を楽しませた。ケイセティがいれば、さぞや目を輝かせたことだろう。

席に着けば、執事がアナルドに手紙を渡した。その間に、メイドがお茶を淹《い》れてくれる。

「お手紙が届いておりましたのでお渡ししておきます。一通はヘイマンズ領主様から、もう一通はスワンガン伯爵家からですね」

「え、領主様だけでなく家からも届いているのですか。どういうことでしょうね。お義父様からは何も聞いておりませんが。旦那様、すぐに確認していただけますか」

「わかりました」

朝の見送りの時には何も言っていなかったが、今思えば一度も目線が合わなかった。エルメレッタの体調を見ながら、休憩を多めにとってゆったりと進んできた上に、この距離なので手紙が先に着いているということもあるかもしれない。けれどバイレッタたちが出発してから火急の用件があって手紙を出したと考えるよりは、準備をしていたと思うほうが、見送りの時のワイナルドの態度はしっくりくるのも事実だった。

バイレッタが促せば、アナルドは執事から手紙を受け取って封蠟《ふうろう》を確認している。正式な手紙の様式に則しているところが逆に不安を搔《か》き立《た》てた。

「ふむ、これは……俺に宛てた手紙というよりは、貴女に宛てた手紙のようですね。バイレッタが確認したほうがいいでしょう」

中から取り出した手紙の文章を一読して、アナルドはバイレッタに差し出してきた。

バイレッタは訝しげな視線を夫に向けながら手紙を手にする。

『ヘイマンズと、ナリスへの街道の件で揉《も》めた。解決しろ』

簡潔な文章にはそれ以外の言葉はない。ワイナルドの署名が最後にあるだけだ。

わざわざこれを送って寄こすとはどういう意図があるというのだ。いや、言葉の通りに解決しろということだろう。

思わず手紙を持つ手に力が籠もり、震える。

楽しみにしていた旅行が一瞬にして、義父からの指令になった。仕事がないからのんびりするとアナルドに話した途端にこれである。いや、最初からわかっていた。ヘイマンズ領に行くとアナルドが告げてから義父の態度はおかしかったのだから。

けれどやり口が陰険だ。こちらの文句など一切言えない状況に鬱憤しかない。

「お義父様――っ」

隣国ナリスにつながる街道整備に手をつけることは誤解を招くとわかっていた。だからこそ皇帝に直裁をいただいて領主会談で披露したのだ。根回しは重要だと言い含めていたが、ワイナルドが何か失敗したのだろう。

「父の隠し事が判明してよかったですね」

「そんな呑気なことを言っている場合ですか。ヘイマンズ領主様と領地の街道整備の件で揉める理由なんて本来はありません。皇帝陛下からはすでに直裁をいただいていますのよ」

「別にどうでもいいことでしょう。俺たちは新婚旅行に来たのですよ、仕事はしないと言っていたではありませんか。父からの手紙など無視するに限ります」

「無視できるわけがないでしょう⁉　仕事をしないと言ったのは仕事を持ち込まなかったからです。お義父様から一方的に押し付けられたとはいえ、放置はできませんわ。ナリスへの街道整備はスワンガン領地の今季の最優先事項ですわよ。本格的な冬が来る前に事業を進めておかなければ、どれほどの損失につながるとお思いですか。来年の春先にはナリスからの客を受け入れて収益を上げる予定でしたわ」

「そうですか」

「さもご自身には関係ないと言わんばかりですわね？」

「以前にも言いましたが、領地経営は父の仕事ですから」

貴方《あなた》が嫡男でしょうに！

バイレッタは憤るけれど実際、軍人であるアナルドは領地経営には全く口を出さないのも事実だ。義父だってアナルドに強要することはない。

だが今は動かないアナルドに怒っている場合ではない。すぐに解決しなければ、今後の事業計画に大幅な狂いが生じる。そんなことになれば、ゲイルがさらに青ざめることになる。

「これは明らかに情報不足ですわね。ちなみに、ヘイマンズ領主様からはどのような内容の手紙が届いていますの」

ヘイマンズ領主からも義父と同時に手紙が届いている時点で、手がかりがあるのではと勘繰ってしまう。義父に思惑を直接聞けない時点で歯がゆさは増すが、ひとまず何か解決の糸口が欲しい。

アナルドはもう一通の手紙の封を開けて読み進める。

「来週に行うガーデンパーティーの招待状のようですよ」

「ガーデンパーティーですか」

こちらから面会を求めなくても会えることになったのは話が早くて助かるが、さてパーティーへ招待された意図はなんだろうか。到着した途端に招待状を寄こしているのだから、準備はされていたことになる。もちろん、滞在することは事前にヘイマンズ領へ届けているので、領主はスワンガン伯爵家がやってくることはわかっていたはずだ。

バイレッタは考え込んだまま、アナルドを見やった。

「私、ヘイマンズ領の領主様には特にこれといって面識はありませんが、アナルド様はいかがですか」

「俺も貴族派の夜会に行ったのは成人した頃に数えるほどなので、昔に見かけたくらいしかありませんね。言葉を交わした覚えもないと思いますが。そういえば父からヘイマンズ領主は同級生だと聞いたことはありましたね。ただ仲は悪そうでした」

「同級生ですか？」

「父が軍の養成校に入る前の初等教育の頃ですので、いわゆる幼馴染みですね」

帝国貴族の初等教育機関は十歳から入れる。学校に通うのは強制ではないが、バイレッタは高等学院に進むために通っていた。帝都にはいくつかあるが、確かアナルドも通っていたはずなので、貴族であれば入学する者のほうが多いのは確かだ。

「仲が悪いとは言っても幼馴染みということなら、お義父様が直接出向かれるべきではありませんか。それをこちらに押し付けるなんて。それに私たちがガーデンパーティーに招待される理由もわかりませんし」

執事があぁと相槌《あいづち》を打つ。

「今、領主様の姪《めい》ご様がお越しになられているのですよ。その歓迎会のために客人を招くと伺っております。ですから声をかけられたのではありませんか。領主様のご令妹が他国の王家へ嫁がれたので、昔からお子様たちも連れて遊びに来られていまして。今回は姫様だけが来られているとお聞きしております。お隣に滞在されているのが、その方だとか」

控えていた執事が、ようやく少し笑顔を見せた。

ヘイマンズ領主の実妹はガイハンダー帝国の東にあるテンサンリという小国に嫁いでいる。だが、あの国は今は鎖国をしているのだ。おいそれとその娘である姫が、身内がいるとはいえ帝国にやってこられるのだろうか。バイレッタが訝しんだのを感じた執事が補足してくる。

「お忍びとお伺いしておりますが」

「お忍び……」

全く忍んでいない。

バイレッタも一人、テンサンリ国の王女に知り合いがいる。もしや彼女ではないかと一瞬頭をよぎった。王女らしく高慢だが可愛らしい少女を思い浮かべていると、アナルドが短く息を吐いた。

「どちらも無視しますか」

「馬鹿なことをおっしゃらないで。出席すると返事をいたしましょう。行ってみないことにはあちらの思惑もわかりませんわ。こちらとしては、これ以上街道整備の邪魔をしないようにお願いするしかありませんね」

「わかりました。では、返事を出しておいてくれるか」

「かしこまりました」

執事もどこか安堵《あんど》した様子である。もしかしたら、ヘイマンズ伯爵家から出席を促すように言われているのかもしれない。どちらにせよ、アナルドの了承は得られたのでバイレッタはようやく胸を撫で下ろした。

そんな時、高笑いが廊下から響いてきた。

「おーほっほっほ、私を止めることなどできなくてよ！」

「お待ちください、そちらは――」

使用人の焦った声が聞こえた途端に、サロンの扉が荒々しく開かれた。

「スワンガン伯爵家のアナルド様がいらっしゃっているのは聞いているのよっ、さっさと通しなさいな」

「お、お客様ですか？」

執事が戸惑ったようにアナルドとバイレッタに確認してきた。使用人を押しのけて突然乱入してくるのだから、彼の戸惑いは当然だ。使用人は申し訳なさそうに執事にその場を任せて退室した。だが、来客の予定はない。

扉を開け放った小柄な女は豊かな黒髪にシャリーフと呼ばれる薄布を巻きつけていた。テンサンリで見られる民族衣装だが、バイレッタはスタシア高等学院時代でもよく目にしていたものだ。

あの頃と変わらない金色の瞳はアーモンド型で、しなやかな猫を連想させる。

「お久しぶりですわね、ミュオン姫様」

バイレッタは立ち上がって、テンサンリ式の挨拶で頭を下げる。

「え、嘘《うそ》、バ、い、や、バカレッタ……？」

懐かしい呼び名に思わず苦笑する。ただ隣で聞いていたアナルドの眉が不機嫌そうに上がったのを見て、バイレッタは一歩前に出た。

ミュオンは一瞬驚きに目を瞠《みは》ると、すぐさまふふんと不敵に笑った。

小国ではあるが、一国の王女である。けれど、親しみやすい雰囲気も相変わらずのようだ。

「昔と変わらずふてぶてしい顔をしてるわね。貴女の悪女っぷりも健在のようで安心したわ。こんなところで会えるなんて驚きだけれど、何をして――」

「貴女が用があるのは、俺のようですが」

アナルドが立ち上がって、バイレッタの肩に手を置いた。

口が多少悪いのは、ミュオンの癖だ。慣れているバイレッタはそこに悪意がないことをきちんと理解しているが、アナルドはそう受け取らなかったようだ。自分を守ろうとしているとわかって、バイレッタは手のひらを重ねた。

「アナルド様、大丈夫ですわ。姫様は私のご学友ですのよ」

「え、嘘よね。そんな近くに男がいて平気な顔をしているなんて冗談でしょう？　あの侯爵家のバカを筆頭に追いかけ回されて男嫌いだったじゃない。どういう関係なのよ」

バイレッタはスタシア高等学院時代、エミリオという侯爵家嫡男に目をつけられて、学院中から嫌がらせをされていた過去がある。半年間だけ留学という形をとったミュオンが知っているほどに有名であからさまな話だった。

すでに過去のことになっているので、バイレッタは困ったように笑うしかない。

「俺の妻はとても賢いですから。あんな男になど捕まらないのは当然です」

なぜかアナルドが誇らしそうにミュオンに告げた。ミュオンはぽかんと口を開けている。ぱちくりと金色の瞳を瞬かせた。瞳を縁どる長く黒いまつ毛がばさばさと音を立てるかのように上下する。

「つ、ま？」

「はい、バイレッタは俺の妻ですよ。ご学友ということは、スタシア高等学院時代ですか？」

「ミュオン様が帝国に留学されていた時に、お世話係の一人に任命されたのですわ」

アナルドに問われたので、バイレッタは簡単に説明した。

ガイハンダー帝国にとって当時のテンサンリは取るに足りない小国だった。物理的に距離が離れていて、はるか遠い未来に侵略するかもしれない候補の一つといったところか。そのためミュオンが帝国に留学することはなんの問題にもならなかった。彼女の伯父がヘイマンズ伯爵であるというのも大きい。だがそれは帝国側にとってということだ。当時のテンサンリは鎖国する前で河を挟んで隣接するジゥマ国と戦争中だった。ミュオンの留学は帝国の助力を乞うためのものでもあった。ただ派兵が難しいようなら帝国の武力を少しでも学ぶためという意図もあったのだろう。だが半年で彼女の留学は終わりになった。

テンサンリが鎖国という道を選択したためだ。

それで、バイレッタとミュオンとの交流も完全に途切れてしまった。

短い付き合いでも、王女らしからぬミュオンとは気が合った。気位が高くて高飛車だけれど、柔軟な考えを持つ彼女は一国の王女としての知見を備えていて、視野も広く考えも偏らない。彼女の国では王族というのは成人すれば、皆仕事が均等に与えられる。次代の王は現王の指名制で、男女の区別がないとのことだ。女王もしばしば擁立されている。

男が優遇される学院内の態度に一緒に憂えてくれたりもしたので、バイレッタにとっては酷い学院時代の思い出の中でよいほうの部類に入る。

「なるほど……それで、妻の友人が俺になんの用ですか」

アナルドはミュオンに向かって、獰猛《どうもう》に口角を上げたのだった。

なぜか怒っているアナルドを宥めて、三人で再度テーブルに着く。

執事がすぐさま、ミュオンの分のお茶を淹れて部屋から出ていった。用事があればお呼びくださいと頭を下げていったが、素早い動きだった。気を利かせたというよりは、我先に逃げ出したといった様子だ。なぜ誰も彼もが逃げていくのか。

バイレッタは疑問に思ったが、気を取り直してミュオンにもお茶を勧めれば、彼女は一口飲んでふうっと息を吐いた。

「アナルド様にお会いしたかったのは本当だけれど、ちょっと当てが外れたわね。もう、伯父様も意地が悪いわ」

「どういうことですの」

「ううん、ちょっと答えにくいわね。私のことはいいわ。ところで、妻ってどういうこと。いつ結婚したの。なんで結婚したの？」

「ええ？」

バイレッタは大いに戸惑った。

どれもこれも一言で話せる内容ではない。結婚は一瞬でしたけれど一筋縄ではない紆余曲折《うよきょくせつ》の末、こうして二人でいるのだから。

もちろんアナルドは隣にいて、ミュオンとバイレッタのやりとりを興味深そうに聞いている。そこは聞かないふりをしてくれてもいいのではないのか。義父と会話している時だって興味なさそうにしているくせに、なぜ今はそれほど熱心なのだ。

無言の熱を感じて、バイレッタは言《い》い淀《よど》む。

「学院じゃあ、近寄ってくる男どもなんて実力で叩《たた》きのめしてたくせに。私が国に戻ってから噂で聞いたけれど相手を刺し殺したのでしょう。それが数年経てば結婚しているなんて、本当に信じられない！　彼のどこがよかったの？」

噂に尾ひれがついて、他国には殺人者として認識されているなんて由々しき事態である。慌てて否定するが、その先の言葉が続かない。

「あの、別に相手を殺してはいませんから。夫のことは、その、なんと言いますか……」

「俺が妻に惚《ほ》れて求婚して同意してもらったのです。いろいろと不誠実なことをしてしまいましたが彼女は優しいので、最終的に夫になることを許してくれました」

アナルドがバイレッタを見つめ柔らかく微笑む。そこには妻を愛していると目で語る穏やかな美青年しかいない。

アナルドは本当に見目がいい。灰色の髪は艶やかで、長めの前髪がやや目にかかる。その目は宝石と同じ輝きを放つエメラルドグリーン。鋭利なほどに切れ長の瞳には高い鼻梁《びりょう》と薄い唇が続く。国を代表する人形師が作ったかのような完璧な造形美に、白磁の肌が映える。精悍《せいかん》さの中に絶大なる色気の混じる麗しい男だ。

そんな彼は帝国軍からも旧帝国貴族派の社交界などでも無表情で知れ渡っていた。だがそれも戦争から戻ってくる前の話だ。先の西との戦から戻ってきた途端に、社交界で愛妻家の仲間入りを果たして、妻に輝く笑顔を披露する。

おかげでバイレッタには恥ずかしい二つ名が増えた。『スワンガン伯爵家の愛され妻』である。アナルドの妹であるミレイナから大変不本意な顔をして社交界で囁《ささや》かれている話を聞かされた時には卒倒して逃げ出したくなったほどだ。今、帝都から離れている間に噂が落ち着いてくれればいいと切実に願うほどに。

「へえええええ!?」

一国の王女であるミュオンですら、アナルドの色香に当てられたらしい。真っ赤になって奇妙な声で相槌を打った。夫婦を交互に見て、息を吐く。

「でも、じゃあますます言い出しづらいのだけれど」

「? 何かありましたか」

「ええ、それ聞いちゃうの。まあいいか。ほら、ヘイマンズ家が軍人と揉めているなんて噂があるじゃない。それってごく一部のことなのだけれど、外聞がよくないのよね。だから、伯父様に頼まれて軍人でもあるスワンガン伯爵家のアナルド様を歓待しようと思ってこうしてやってきたわけなの。アナルド様は奥様と不仲だと伺っていたから女性も必要かと歓待役を用意したのだけれど、余計なお世話だったみたいね」

ミュオンがひとまず出直すと言い出したので、夕食に招待した。屋敷付き執事を再

びサロンに呼んで確認したところ、さすがに今日は対応ができないということだった
ので、夕食は明日の夜ということになった。

彼女は従者と一緒にやってきたらしいのだが、その彼が姿を消してしまったらしい。

腹立たしそうに極度の人見知りと方向音痴なの、とミュオンは零していた。だから従者を探してそのまま帰るから見送りは不要とのこと。執事を伴って退室している。それは従者として役に立つのかとバイレッタは訝しんだほどだ。

ミュオンを見送って、バイレッタはまだサロンにアナルドとともにいる。

席に着けば自然と口から出るのは、先ほどのミュオンの提案である。

「せっかくの歓待をお受けにならないのですか」

ヘイマンズ伯爵家がなぜ軍人嫌いなどと言われるようになったのかは謎であるが、一枚岩ではないということだ。少なくとも伯爵自身はミュオンを寄こしたことからも友好的である。ただナリスの街道整備で揉めている相手ではあるので、義父とは何かあるのだろう。少なくとも軍人であるアナルドには負の感情はなさそうだ。

小国とはいえ、一国の王女からの申し出だ。ヘイマンズ伯爵家も絡んでいるとなると内容も女性の質もかなり期待できるに違いない。彼の悪魔な上司など複数の恋人を侍《はべ》らしているわけだし、身近に実例があれば羨ましくなるかもしれない。

そもそも由緒ある旧帝国貴族の伯爵家嫡男様である。軍人としても優秀な上に、この誰もが思わず振り返って二度見しても飽き足らないほどの美貌の持ち主。性格に多少難があったところで、引く手数多なのは簡単に想像がつくし、実際にバイレッタも夜会ではアナルド狙いの女性たちに散々陰口を叩かれた。

これまで女性に事欠かなかった男なのだろう。社交界でも妻が妊娠すれば浮気は多くなると聞いている。多少火遊びをしたくなるのが男心というものらしい。

異性関係に不慣れなバイレッタには想像するしかできないが、貴族階級にあれば配慮するのが妻というものだ。ただ口にしただけでもやもやとするのも確かで。

すっかり冷めてしまったお茶をすかさず、執事と入れ替わりでやってきたメイドが淹れ直してくれる。けれど用事が済めば、メイドも雰囲気を察して部屋から出ていった。配慮の行き届いた使用人たちである。

バイレッタが切り出せば、アナルドはエメラルドグリーンの瞳を瞬かせた。

そのまま、バイレッタの口元に軽食のクラッカーを運ぶ。

「なんです？」

「貴女のお好みの味だと思いましたので」

「……別に腕が動かせないわけではありませんが」

存外に自分で食べられると告げれば、彼は愉快げに瞳を細めた。確かにまだ口をつけていないものだったが、欲しいなら自分で勝手に取って食べる。

「口を開けてください？ それとも、素直に開けるように誘導しましょうか」

アナルドが空いたほうの手でバイレッタの頰を撫でて、そのまま唇をなぞる。男性にしては細く整った指の形に、思わず吐息が零れる。背筋にぞくりと甘い痺れが走る。

こんな昼日中に一体何をするつもりだ。

バイレッタは真っ赤になって震える。

悪さをするアナルドの手を払うと、クラッカーを齧《かじ》った。

彼の指を齧らなかっただけ、感謝してほしいものだ。勝気に彼を見つめれば、蕩《とろ》けるように見つめられる。

やらかした、とバイレッタは瞬時に悟った。背中がぞわぞわとするのだ。

「おいしいですか」

「え、ええ」

しっかり咀嚼《そしゃく》して飲み込んだけれど、正直ただの塊にしか感じなかった。喉を通る異物感が凄い。味なんてすっかりわからなくなっている。

ぎこちなく頷けば、アナルドは食べかけのクラッカーを口の中に放り込んだ。

「うん、確かにおいしいですね」

他のを食べればいいのではないでしょうか！

悲鳴じみた文句を押し殺して、なんとか違う言葉を紡ぐ。

「ごまかしていますよね？」

バイレッタは口を尖らせて言った。最初の質問には全く触れられていない。話をうやむやにさせようという魂胆なら、やはり彼は遊びたかったということだろうか。ちらりと夫を疑う心もあるけれど、何よりこの甘ったるいような空気をなんとかしたかったというのが大きい。

だというのに、アナルドは心外だと言わんばかりに首を傾げる。

「俺に他の女性との交流が必要だと思いますか」

「それを決めるのは貴方だと思いますが」

我ながら可愛くない言い方だなとわかってはいる。彼が一時でも他の女性を求めるのならば、好きにすればいいのではないかと思う。けれど、そう考えた途端になんだか胸が塞ぐような気持ちにもなる。居心地が悪くなって視線を逸らせば、ふっと笑う気配がする。

「わかりました、口移しで食べさせられたいんですね」

「は？」

「こちらの果物なら、とてもおいしそうですよ。お一ついかがですか」

丸い小さな果実を示したアナルドに、バイレッタはごくりと生唾を飲み込んだ。

「け、結構ですわ」

一つ選択を間違えれば、望まない行為に引きずり込まれてしまいそうだ。

警戒しつつ答えれば、アナルドはおもむろに立ち上がって、バイレッタの顔を覗き込んできた。

「もう、お茶はおしまいですの？」

「お茶よりも優先しなければならないことができましたので。貴女以外の女性なんて本当に必要だと思いますか。こんなに可愛い妻がいて、新婚旅行の最中だというのに」

「それ、以前からおっしゃいますけれど。新婚とは結婚してから一年ほどの夫婦を指すそうですよ。私たちは十年ほど前に婚姻が成立しているのですが」

「俺と貴女が一緒にいた日数は一年もありませんよ」

顔を合わせた月日で新婚とは厚かましくないだろうか。

しかし、なぜ彼はこうも新婚にこだわるのか。疑問が顔に出ていたのだろう。アナルドは説明を始めた。

「新婚旅行は蜜月と呼ぶそうですよ」

「蜜月？」

「閣下が、それはもう楽しそうに教えてくれましたが、帝国貴族の男は昔からその間は蜂蜜酒を飲むらしいんですよね。だから蜜月。まあ、最近は軍人や一般市民にも流行っているみたいですが」

「なぜ蜂蜜――って、まさか……飲んでいませんわよねっ」

甘い酒を好む男がそれほど多いのは不思議になったが――しかも帝国貴族の男である――蜂蜜の効能を思い出してバイレッタは真っ赤になった。

絶対にアナルドには必要ない。それは身をもって知っているからだ。

「おや喉が痛む時には蜂蜜がいいというじゃないですか。軍でも殺菌作用があるとかで傷に塗ったりするんですよ。俺が使ってはいけない理由がありますか」

からかうように笑う男は確実に、今話していない効用をモヴリスから伝えられたに違いない。あの悪魔なら一瓶くらい用意していそうではある。

「旦那様はお風邪を召されておりませんし、怪我もされていらっしゃらないですよね。今、少しも蜂蜜など必要ではありませんよ。第一に、蜜月なんてお断りですわ」

「ですが、俺の妻は蜜月を過ごしているにもかかわらず他の女性が必要ではないかと尋ねてくるのですよ。これは、きちんと俺の妻に対する愛情を理解してもらうよい機会ではないでしょうか」

何かわからないが、夫の溺愛心を刺激したらしい。

とても趣味が悪いと思うが、アナルドはバイレッタを愛しているらしい。愛される自信が持てるようにとしっかりと体に教え込まされたことは記憶に新しい。ひねくれていて、全く素直じゃない可愛げのない性格でもいいのだとは納得できた。蓼食《たでく》う虫も好き好きと言うし。売れないだろうけど、誰かが好むかもしれないと作ったドレスが流行になったりするように人の好みなどわからないものだから。

しかしアナルドはミュオンがいた時の怒りはなくなっているようだ。綺麗に霧散して、ただただ妻をからかう人の悪い夫がいるだけである。

ただし、この男はからかうだけで終わらないところが問題なのだ。

「それで話は戻りますが、口移しで食べたいですか?」

「ふ、普通に、食べますから!」

「そうですか、では俺はこちらをいただきますね」

アナルドはバイレッタに口づけた。かと思えば、角度を変えてもう一度嚙みつくように口づける。

「ん、ふうっ、食べ物とは違いますが！」

口づけの合間に文句を言って、アナルドの体を押しのければ、彼は耳に口を寄せた。

細身のくせにびくともしないところは相変わらず腹立たしい。

「肌も、声も甘くて、とてもおいしいですよ」

そのまま耳をぺろりと舐《な》められて、羞恥でひっと息を呑《の》んだ。

「ふ、不謹慎ですわよっ」

「テーブルに着いて軽食を楽しんでいるだけですが」

「ですから、食べ物ではありませんと言っています。それにこんな明るいサロンで……」

「ありがとうございます」

「なぜ、お礼を言われるのでしょうか」

「可愛い妻から、貴重なおねだりをいただきましたから。寝室に連れていってということでしょう」

言うが早いか、アナルドはバイレッタを椅子から抱き上げた。

「違います！」

本当にアナルドの耳はどうなっているのだ。

バイレッタの言葉が勝手に翻訳されてとんでもないことになっている。共通語を話しているはずなのに、少しも同じ言語に思えない。

だが、抱き上げられてしまえば落ちないように彼の首に腕を回すしかない。

とても不本意ではあるが、そのまま彼の胸に顔を押し付ける形になる。

「蜜月なんて大嫌いです」

「それはとても光栄ですね」

本気で告げたのに心底楽しそうに笑う夫の姿に、バイレッタは悔しくて唇を噛む。

何を言ったところで、アナルドの翻訳機能付きの耳がある限り、恥ずかしい思いをするのはバイレッタである。勝手に夫に都合のいい言葉に書き換えられているのだから。

「……蜂蜜酒、飲んでいませんよね」

「閣下からいただきましたよ。サイトールあたりが持ってきているはずですので、後で一緒に飲みますか」

やはりモヴリスが用意していた。絶対に持ち込んでいると思ったのだ。

「遠慮させていただきますわ」

蜂蜜の効用は精力増強だ。昔の帝国貴族は世継ぎを望んで蜂蜜酒を新婚時に愛飲していたのだろう。政略結婚の一番の目的だから、それは理解できる。ただ、自分たちには全く当てはまらないだけだ。

新婚の時期はとうに終えているし、何よりすでにエルメレッタもいるのだから。

だが、こんな夫との駆け引きも少し楽しいと思ってしまったのも本当だ。強引なのが好きというわけではないけれど、意地っ張りなバイレッタには素直に誘い文句に頷くだけの精神力がない。

悔しいから絶対に夫には告げないけれど！

◆　◆

「ゼリア、こんなところにいたの」

ミュオンがバイレッタたちが滞在している屋敷を出れば、すぐ傍の木の下で黒髪の男が腕を組んで立っていた。従者の男の名前を呼べば金に見える琥珀の瞳を向けられて、ミュオンは不機嫌に鼻を鳴らした。

「従者がついてこないなんて、前代未聞よ。恥を知りなさいな。極度の人見知りで、すぐに迷子になると答えておいたわ。おかげで、不思議そうな顔をされたけれど」

「最初から案内だけだと言いましたよ。バイレッタはともかく、あの旦那に会いたいとは思わないんで。一目で変装を見破られると心に衝撃が走る……骨格なんてそうそう変えられないだろうが」

ぶつぶつと答えた男が、しれっと口にした名前に、ミュオンの柳眉が吊《つ》り上《あ》がる。

「やっぱりお前も知っていたのね。そんなに有名なのに、どうしてバイレッタがあの男の妻だと教えないの」

「いや、オレはあんたがバイレッタを知っていることを知らなかったし。灰色狐に会いたいとしか言わなかったじゃないか」

「主人をあんたなんて呼ぶものではないわ」

「へーへー。言われた通りに案内しましたよ、ご主人様。何が不満なんです」

「何もかもよ！　わざわざ帝国まで足を運んで恥を忍んで無礼者を演出したっていうのに、無駄足にもほどがあるわ」

案内も招待もなく押しかけたのはひとえにアナルドの女の好みが『根性があって肝が据わっている腕っぷしが立つ一応性別が女性』であると聞き及んだからだ。聞いた時はわけがわからなかったが面白がって話を聞いてもらえればと思い、こうして必死で乗り込んだわけだが、一国の王女の良識ある振る舞いからはかけ離れていて、心底恥ずかしかった。あの男がバイレッタを妻にしていたと知った時には納得したものだが。つまり、最初からバイレッタのような規格外の女が好みということなのだろう。そもそも妻と不仲だという噂はなんだというのか。どう見てもアナルドは妻を溺愛しているではないか。そんな二人のところに女性を紹介しても相手を怒らせるだけに決まっている。結局、ミュオンが間抜けを晒《さら》しただけだ。

「いやあ、いつも通りの傍若無人ぶりでしたけど。無自覚って恐ろしいもんですね」

「お前、何か言った？」

「いいえー。まあそれほど無駄ってわけでもないんじゃないですか。少なくとも、興味は引けたようですよ」

二階の一室に目を向け、ゼリアと呼ばれた男は肩を竦《すく》めた。

彼は他者の視線に敏感だ。誰かが自分たちを監視しているのだろう。

「そうなの？　あの男は女性というか自分の妻以外の女に興味はなさそうだったけれど、だったらいいわ。晩餐《ばんさん》に招待されたの、出直すわよ」

「オレはついていけないので、勝手にやってください。ご武運は祈っておきましょう」

「本当に使えない従者だわ！」

憤慨する主人を宥めもしない従者に、ミュオンは盛大にため息をついたが、すぐに頭を切り替える。

まさかここで会うとは思わなかった。

十年以上前の記憶の中に焼き付いたストロベリーブロンドの髪もアメジストの瞳も変わらずにあの頃のままに眩しく輝いていた。いやむしろ、記憶の中よりも鮮明でいっそう鮮やかである。背伸びして、完璧な笑顔を崩さず、張りつめていた日々を送っていた彼女はいないように思えた。当時の記憶をまざまざと思い出して、痛む胸を押さえる。

「ああ、何をしに来たのだかわからないわね……」

儚《はかな》げにつぶやいた声には苦みが滲《にじ》むのが自分でもわかった。

「陰険狐は妻に他人が近づくのを極端に嫌うからな。晩餐に呼ばれただけ上々では？」

従者の同情を含んだ言葉に、ミュオンははっとして獰猛に笑う。

「ふうん、そうなの。なるほど、不機嫌そうだったのはそういうこと。でもあの鈍感バカレッタなのよ。恋愛なんて頭に少しもないのにそんなにうまくいくものなの？

そもそもあの男、不誠実なことをして許してもらったと言ったわ。馴《な》れ初《そ》めも話せないとか、不仲な噂とかもあるわけだし、彼女は騙《だま》されているのではないかしら。こうなったら毎日つきまとってあの男が彼女に相応《ふさわ》しいか見極めてやるわよ！」

強気で勝気に見えるバイレッタが、情に厚くてお人よしなことを知っている。なんやかんやあの狡猾《こうかつ》そうな男に言いくるめられて妻にさせられているのなら、友人として助けるべきだ。

勝手に育った一方的な感情は、形を変えて激情になった。そのまま強く拳を握る。

「せいぜい頑張ってくださいよ。返り討ちに会わないように祈ってます」

やる気のない従者が、ぼそりと表面上だけは主人を励ましたのだった。

第二章　ガーデンパーティーでの対立

ヘイマンズ領の気候は帝都に比べて随分と暑い。

帝都とは異なり秋を感じさせない陽気に、目を眇めた。

サロンに差し込む日差しは柔らかくなっているが、それでも眩しいくらいだ。

「昨日は突然お邪魔して申し訳なかったわね。それで、いろいろと反省したってわけ」

「はあ、さようで……」

どう言葉をかけていいのかわからず、バイレッタは曖昧な返事をした。

けれど正面に座ったミュオンは悩ましげなため息をつくだけだ。

昨日の突然の訪問を詫びに来たはずの彼女は、やはり連絡もなく突然昼前にやってきた。そこに疑問はないらしい。けれど、思い出したこともある。

ミュオンはとにかく自由で奔放だ。やりたいことをやりたいようにやると明言していたほどである。バイレッタがどう思おうと、彼女は気にした様子もなかった。

気を取り直して、お茶を一口飲むことで、なんとか言葉を呑み込んだ。

ミュオンは隣の別荘に滞在しているが、暇のようだ。

空いた時間を埋めるようにこうしてバイレッタが滞在している別荘におしゃべりをしに来たらしい。本日は夕食に招待しているのでてっきりその時間にやってくると思ったが、これほど早くにやってきたので、お茶の時間から一緒に過ごしている。

ミュオンは従者と数人ほどの侍女を連れてきただけで、ほとんど話す相手がいないらしい。伯父であるヘイマンズ領主は嫡男が一人いるだけなので、気軽に遊びに行くほどの仲でもない。そもそもその従兄《いとこ》とは気が合わないので、顔すら合わせていないようだ。

「せっかくだから、貴女の旦那様との馴れ初めでも聞いてあげようかと思って。ほら、昨日は聞けなかったじゃない？」

「結構です！　そ、それよりミュオン様のお話を聞かせてください」

ミュオンは自国では特別区の総督をしているらしい。つまり領主のような権限を持っている。そんな人物がこうして帝国までやってきたのはよほどの用事かと思えば、単なる旅行とのことだった。

特にやることもないとヘイマンズ伯爵に言えば、スワンガン伯爵家の嫡男が遊びに来るから歓待をするようにと命じられたらしい。仕事をちゃっかり押し付けられたのと口を尖らせた彼女はさほど怒ってはいないようだった。

「いやよ、遊びに来ているのになぜここで仕事の話をしなくちゃいけないの。それよりもアナルド様の噂は華々しいもの。絶世の美貌に、表情の変わらない絶対零度のまなざし。一度敵と定めれば、執拗《しつよう》に追い詰めるその容赦のなさも見事な采配も素晴らしいじゃない。そんな派手な噂に事欠かない相手が旦那様だなんて、周りからさぞや嫌がらせをされたでしょう。貴女がどう対処したのか友人としては気になるところだわ。愛想尽かしたり、辛かったりしたのではない？」

遠く離れたテンサンリまでアナルドの名は届いているのかと感心したが、噂が随分と誇張されているのではないだろうか。いや、むしろ妻に関することが全く抜け落ちた噂なのだろう。別に一緒に噂されたいわけではないけれど、もやもやするのも事実だ。この言葉にしにくい感情をバイレッタは持て余した。

ただ恐ろしいのは女同士の語らいの横で涼しい顔でお茶を飲んでいる件の男である。

楽しいですかと聞いたら、そうですねと頷いていた。

何が彼にとっての楽しさになっているのかはさっぱりわからない。アナルドが同席を願い出てきたので、断ることもせずに受け入れている。

ミュオンも何も言わないので結局三人でお茶をすることになったのだが、バイレッタにとっては苦行である。

「何かあったというわけではありませんけど……」

「ええ、なんにもないの？　相変わらず、色恋方面はバカレッタなのね」

「え？」

「学院時代もよくやってたじゃない。あんなに熱視線浴びていたくせに、鈍感激ニブでひとっつも気づいてなかったくせに。嫌がらせも噂話だけって高を括《くく》って放置していたのでしょう」

「ミュオン様にはいつも言われていましたけれど、そんな可愛げのある話なんて一つもありませんでしたよ」

「だから相変わらずだって言ってるじゃない」

ミュオンは高等学院時代に、よくバイレッタのことを恋愛音痴だのと始終零していた。あんな敵だらけの学院で、そんな浮いた話など少しもない。だというのに、その点に関しては全く譲らないのだ。

「あのバカ侯爵のボンボンからだってしつこく言い寄られてたくせに」

「グラアッチェ様はもうとっくに結婚されていらっしゃいますよ」

「あそこは昔から婚約者がいるって話だったじゃない。だからあんたを愛人に狙ってたんでしょ」

「そんな話は聞いたこともありませんが」

バイレッタが首を傾げれば、ミュオンは生ぬるいまなざしを向けながら、慈愛に満ちた微笑みを浮かべている。

小さく頷く彼女に、バイレッタが思わず声をかければ、軽く手を振られる。

「なんですか」

「いいの、バイレッタは気づかなくて。変わらない貴女にむしろ感動しているほどよ。だからこそ騙されているのではと疑ってしまうわね」

「ミュオン様？」

なんだか不穏な空気を纏ってつぶやくミュオンに、バイレッタは戸惑う。

「俺の妻は興味のあることには熱心に、ないことにもそれなりに研鑽《けんさん》を積む素晴らしい努力家ですが、ことそちらの方面に関してはいっそ清々《すがすが》しいほどに鈍いのですよ。鈍いというか考えないようにしているのでしょうね。ある意味、天才的な才能です」

「な、なに？」

突然語り出したアナルドに、ミュオンがぎょっとしているが、話している内容にバイレッタも同様に驚いた。何かまた変なスイッチが入った。

とにかくアナルドが饒舌《じょうぜつ》に語る時は危険だ。

これまで散々、恥ずかしい思いをしてきたのだから。

「控えめに言って、最高に可愛い妻なのです」

「控えても最高なの……」

「旦那様！」

遠い目でミュオンがぼそりと突っ込む。黙れと意思を込めてアナルドを呼べば、彼はエメラルドグリーンの瞳を細めて、愛《いと》しいと言いたげな顔を向ける。

「馬鹿にしないでください」

「何を言っているのですか、心の底から褒めたたえています。夫の愛の言葉で照れて怒ったふりをする妻のどこが可愛くないというのです。愛しさが増します。手を握れば身を硬くして、名前を呼べばできるだけ自然に振る舞おうとする姿にはときめきますね」

「それって普通は嫌われているって考えるんじゃあ……なんで前向きなのよ」

「アナルド様、黙ってください！」

アナルドはそんなことを考えていたのかと羞恥に震える。

バイレッタが真っ赤になって怒鳴れば、ミュオンはぷっと吹き出した。

「あはは、真っ赤ね。貴女のそんな顔初めて見たわ。それは旦那様も納得の可愛さねえ」

「――もう好きにしてくださいっ」

顔を覆って項垂《うなだ》れたバイレッタに、くすくすとミュオンの笑い声が聞こえる。

「はあ、ほんと変わったわね、バイレッタ。照れてる顔もそうだけれど、貴女がそんな素直に怒ってるところなんて初めて見たわ」

それはどこか懐かしさと寂しさを含んでいて、しんみりと響いた。

アナルドと出会って散々夫に振り回されただけだ。だというのに、自分は変わったのだろうか。

異性なんて軽蔑していて、彼らを引き付ける自分の容姿が大嫌いで、悪女などという散々な噂話を手玉に取ってうまく隠《かく》れ蓑《みの》にしていたつもりだったけれど。

一人で奮闘していたバイレッタに、寄りかかることを教えてくれたのはアナルドだ。寄りかかれる信頼を寄せてもいいのだと、それが夫の権利なのだと伝え続けてくれた彼には確かに感謝しているけれど。

その感情の変化がバイレッタを変えたのかもしれない。

だが憂いを含んだミュオンの言葉に、少し引っかかりを覚えた。

アナルドは軍人としても有名だが、スワンガン伯爵家の嫡男としても有名だ。社交界では随分と騒がれていたし、テンサンリまで噂が轟いているとなると、ミュオンがどこかで夫に思いを寄せたとしてもないことではないだろう。

ちりっとした胸のざわつきに、鈍いと言われたバイレッタは考えるのをやめた。確かにアナルドの言う通り、そちら方面は考えないようにしているのだろう。不得意なことは下手に考えてもわからないものだ。悪い方向にしか考えられないので、ぱたりと思考を閉じる。

「あの、奥様少々よろしいでしょうか」

執事が困ったように眉尻を下げて慇懃《いんぎん》に頭を下げつつサロンにやってきた。

「どうかした？」

「本日の晩餐のことなのですが、食材がすべて駄目になっておりまして、至急食材を用意するのですが、内容を変更させていただいてもよろしいでしょうか」

「ええ、もちろん。でもすべて使えないなんてどうしたの？」

本日はミュオンを招いた晩餐会だ。午前中のうちに執事と打ち合わせて料理の内容を決めていた。それも奥向きの仕事の一つで差配はバイレッタの仕事になる。

ヘイマンズ領地が誇る食材をふんだんに使った贅沢《ぜいたく》なものを拵《こしら》えると、料理長が張り切っていると聞いていたのだ。それが食材を無駄にしてしまうとはよほどのことが起きたのだろう。

「いえ、管理不行き届きだっただけですので」

「足りない食材があるのなら、うちからも運ばせるわよ」

横で話を聞いていたミュオンがすかさず助け船を出す。

「ありがとうございます。料理長とも相談させていただきます」

「わかったわ。もし必要なら、隣に直接声をかけてもらって構わないから」

ミュオンの提案に深々と頭を下げて、執事が退室する。

「すべての食材が無駄になるなんて不思議な話ですね」

「うーん、こういう姑息《こそく》な感じ……まさかあいつじゃないでしょうね」

バイレッタが首を傾げれば、ミュオンは腕組みをして小さく唸《うな》る。

「あら、何か心当たりがあるのですか」

「あるようなないような……まあ、ちょっと考えさせてちょうだい」

バイレッタが問えば思案げにミュオンは首を横に振った。

そんな時、激しくサロンの扉が開かれた。

「バイレッタちゃんっ」

足音荒くやってきたのはヴォルミだった。

珍しく慌てているが、どうかしたのだろうか。

「こっちにエルメレッタ来てない？」

「え、あの子一人で動けないでしょう」

一応立って歩けるけれど、それも壁伝いとかである。四歩進んでは座り込んでいるはずだが、そんな歩みでどこに行くというのか。ハイハイはできるので移動は速いけれど。

乳母からはかなり成長が早いと言われているが、それでもまだ一歳にもなっていないのだ。わが子の成長の早さに感心はするけれど、さすがにできないことのほうが多い。

「それがなんかいなくなったらしい」

「えっ？」

思わずバイレッタは立ち上がって、やってきたヴォルミの元へと駆け出していた。

「ケイセティが見ていたんだが、ちょっと目を離した隙にいなくなってたみたいで」

「ひとまず屋敷の中を捜しましょう。ミュオン様、少し失礼しますね」

バイレッタは慌てて、ヴォルミと一緒に部屋を出た。

そのため、続けて部屋を出ようとしたアナルドをミュオンが呼び止めたことには気がつかなかったのだった。

部屋を出て廊下を少し行けば、向こうからケイセティが駆けてくるところに出くわした。

「ヴォルミ、ごめん、いた、いたから！」

誘拐されたとか、窓から転落したとかいろいろなことを瞬時に考えて真っ青になったけれど、慌ててやってきたケイセティがきょとんとしているエルメレッタを抱えていたのを見て、すとんと力が抜けた。膝から崩れ落ちそうになったバイレッタを安心させるように、やってきたアナルドが腰を支えてくれた。

「大丈夫ですか」

「ええ、安心したら気が抜けてしまったようです」

どっと安堵が押し寄せてきて、ほっと息を吐いたところでケイセティがエルメレッタを差し出してくる。

「バイレッタさん、ごめん。ほら、エルメレッタに怪我はないから」

「……よかった」

ぎゅっと抱きしめると腕にすっぽりと収まる。温かくてしっかり重い。すっかり慣れた重さに、涙が出そうになった。

子供を産んでから、ささいなことですぐに涙ぐむようになってしまった。バイレッタが感じる一番自分が変わったことだ。涙を堪《こら》えるのが難しいだなんて、昔のバイレッタが聞いたら恥ずかしくなるに決まっている。

「子供……？」

後ろから茫然《ぼうぜん》としたミュオンのつぶやきが聞こえて、エルメレッタが静かな瞳を向けた。

それだけで、彼女はびくりと固まった。

「ああ、そうでした。ミュオン様には伝えておりませんでしたね。娘のエルメレッタです」

紹介すれば、ミュオンは一瞬だけ戸惑いを見せたが、すぐにしげしげと眺める。

「見つからないって言っていたのは、その子なの？　そんなにやんちゃには見えないけれど。それにしても貴女たちの娘なのね。本当にそっくりだわ」

バイレッタの腕の中から自分を見つめるくりくりとした瞳を覗き込んで、ミュオンが感嘆の息をついた。

「ストロベリーブロンドの髪に、エメラルドグリーンの瞳って……うっとりするくらい可愛いじゃないの」

とてもうっとりしているようには見えない表情のミュオンのつぶやきに、エルメレッタがきょとんと彼女を見つめている。

相変わらず初対面の人に物怖《ものお》じしない子である。きちんと観察して相手の人となりを見極めているような――。

やはり父親そっくりの性格だ。

「なるほどね、同じ嫡男同士で随分違うと……」

ミュオンがしたり顔で頷いて、何かをひらめいたのかぱっと顔を輝かせた。

「そういえば、今度伯父様がガーデンパーティーを開くのは知っている？」

ミュオンの伯父といえばヘイマンズ伯爵である。彼からのガーデンパーティーの招待状ならすでに届いていた。

「こちらに着いて早々に招待状をいただいていますよ」

アナルドから見せてもらった招待状を思い出しながら、バイレッタが答えればミュオンは決まり悪そうに首を傾げる。

「あら、招待状が届いていたの。伯父様は歓待は別の日を設けていたくせにいつの間に気が変わったのかしら。まあいいわ。招待されているなら、ぜひその子も連れてきて一家で参加しなさいね」

「ええ？　エルメレッタもですか」

普通はお茶会など特別に招待を受けなければ子供は参加できない。夜会などはかなり厳格でデビュッタントが済んでから、ようやく許可がおりる。大人のための社交の場だ。昼に開かれるガーデンパーティーは主催者次第であるが、招待状には特に子供について書かれていない。この場合、子供の参加は普通はないと考える。

「いいじゃない、ほとんど内輪のパーティーだから子供がいても誰も気にしないわよ。子守たちと一緒に来れば安心でしょ」

「はあ、俺たちもですか」

「僕らが参加したら雰囲気悪くなりません？　どうせ貴族派たちの集まりでしょう。軍人嫌いとの噂もありますし居心地は悪そうですね」

ヴォルミとケイセティが難色を示すが、アナルドは無表情で黙ったままだ。

エルメレッタを一緒に連れていくことに特に思い入れはないようではある。

「軍人嫌いっていうのはごくごく一部で、本当に身内の集まりなのよ。だから心配するほどのことではないわ。第一、貴方たちは子守でしょう。この子が参加するならついてくるべきよ」

「けれど、そんな場所に行けるような娘の服を持ってきてはいませんから」

ヴォルミたちの服はあるかもしれないが、エルメレッタの分は確実にない。

旅行の荷物は必要最小限に抑えている。

行商をしたことがある時の名残だ。大人用の服だけはもしもの時のために持ってきているが、子供の分は想定していなかった。

「じゃあ、今から買いに行きましょう。町まで行けば店があるのよ。何せ貴族御用達《ごようたし》の別荘地帯ですからね！」

そこまでしてエルメレッタを連れていく必要があるのだろうか。

バイレッタは心底不思議になったが、ミュオンは乗り気だ。

ミュオンの一言で、急遽《きゅうきょ》エルメレッタのドレスを買いに町まで行くことになったのだった。

一台の馬車にエルメレッタを連れ三人で乗り込み、店へと向かう。昔からミュオンが贔屓《ひいき》にしている店だということで、突然行っても慣れたものだという。今回のパーティー用のドレスも頼んでいるのでついでに進捗を確認できるとミュオンは楽しげだ。

彼女は効率的に物事を進めることが好きで、無駄なことはしない主義だ。最短の時間と労力で、最大限の結果を得るためにどうすればいいかを常に考えているようなところがある。性格もさっぱりとしているので、バイレッタとも気が合ったのだろうなと思う。

そんな彼女は向かいの座席に座ったアナルドの膝の上で大人しくしているエルメレッタを見つめている。

「本当に静かな子なのね。声も出さないし」

「人がいる前では、会話をじっと聞いているんです。一人の時には発語を練習しているみたいですよ」

「え、こんな小さい時から努力する姿を見せないとか立派な淑女なのね」

ミュオンは感心している口ぶりだが、少し表情が浮かない。

「どうかされましたか」

「いいえ、なんでもないの。そういえば貴女たちは私の従兄には会ったことはあったかしら。結局、伯父様も私の歓迎会にかこつけて、従兄のために開くようなものだから、基本的に女性が多いのよね」

「ミュオン様の従兄というとヘイマンズ伯爵の嫡男にあたる方ですわよね。面識はありませんわ」

「俺もなかったかと思います」

「三十にもなって妻も子供もいない放蕩《ほうとう》息子なの。遊ぶことだけは熱心なようだけれど、伯父様が定期的に人を呼んでパーティーや夜会を開くのも彼の出会いのためなのよ」

「確かに、ヘイマンズ領も代替わりしませんね」

概《おお》ね領主の世代交代は子が三十になる前には行われていることが多い。余生を悠々自適に過ごしたいと考える貴族は多いのだ。煩わしい仕事はさっさと子供に押し付けておきたいのだろう。特に領地経営がうまくいっているところほど、代替わりが早い。もしくは不慮の事故で代わることもあるが、その場合は周囲の家門から年嵩《としかさ》の者が領主補佐になり成人まで待つ流れになる。

「スワンガン伯爵家もしないじゃない。同じ放蕩息子を抱えていたと思っていたら、こちらの嫡男には妻子がきちんといるのだから羨ましくて仕方がないんでしょう」

「父とヘイマンズ領主は幼馴染みのようですが、聞いたことはありますか」

「伯父様と？」

アナルドが尋ねれば、ミュオンは少し考える素振りを見せた。

「聞いたことあったかしら。ああ、でも昔、一度母から伯父様がスワンガン伯爵家に初恋の相手を奪われたからあまり帝国の北の話はしないようにと言われたことはあったわね。すっかり立ち直ったように見えるけれど、初恋の傷心は長引くからとかなんとか」

「初恋ですか」

なんとも甘酸っぱいフレーズに、さすがのアナルドも目を瞬かせている。

まだ見ぬヘイマンズ領主がどういう人柄かはわからないが、あの義父のそんな話など聞いたところで違和感しかない。

だが以前にスワンガン領地に行った時に執事頭からも義父が恋愛結婚だったと教えられたことを思い出した。あの性格からは想像もできないが情熱的なのだろうか。

「だから伯父様はスワンガン伯爵家というかそちらの当主には思うところがあるのかもしれないわ」

「夏の初めの領主会談の際に、うちの領地の政策についてご意見をいただいたようなのです。義父《ちち》からは揉めたとしか聞いていないので、経緯がよくわからないのですが」

「ふうん、そちらの当主もなんだか厄介そうな雰囲気ねぇ。ところでそんな話を息子の嫁にするなんてどういうこと。それは領主の管轄でしょうに。婚家で苦労しているの？」

「よくしていただいておりますよ」

ミュオンが気づかわしげに尋ねてきたので、バイレッタはきょとんと見つめ返した。

義父からは領地経営の手伝いをさせられているけれど、ほぼ拒否権はないもののバイレッタだとて嫌でやっているわけではない。ただ誰の仕事だとは思うけれど。

今回の騒動でも結局はこうして解決の糸口を探しているのだから。

「ふふ、そうよね。貴女が一方的に言われたままで終わるはずはないわよね。どうせ学院の頃のように反撃しているのよね。ああ、傍《はた》で見たかったわ。貴女はちっとも話してくれないし」

「お話しできるほどのことでもありませんから」

「そうやってすぐに謙遜するじゃない。アナルド様から見た彼女はいかがかしら？

お仕事が大好きだから放っておかれているのではありませんか」

「俺も仕事で家を空けることが多いので放っておかれているとは感じていませんが、

バイレッタは帝都にいれば縫製工場の仕事と洋装店のオーナーの仕事を、スワンガン領地では領地の仕事をしているのです。いつも仕事ばかりしているので、少しも休まないのは心配になりますね」

「貴女どれだけ働いているのよ……？」

「成り行きで仕方なくそうなっただけで。ですが、今回は義父も一人で領地に行きましたし」

「はあ？　領主なんだから一人で領地に行くのは当たり前でしょう。どうなっているの。それで、伯父様と揉めた件も解決したいということ？　ここには遊びに来たのではないの？」

「最初は遊びに来たはずなのですが、いつの間にかそんなことに……けれど解決しないことには領地の収入にも関わりますし、最終的には領民が困ってしまうので仕方ありませんわ」

「相変わらず他人事《ひとごと》によくわからない情熱を傾けているわけね。まあ伯父様もスワンガン伯爵とはもともと仲が良くないから、私を歓待役として差し向けたのも嫌がらせよね。がつんと言える場を用意してあげるから、伯父様に一泡吹かせてみせてよ」

「ええ？」

「歓待とはいえ、夫に別の女性をあてがおうとしたわけでしょ。ほら、妻としては許せないじゃない。腹が立つでしょう」

「…………」

この返答は注意しなければ、アナルドの変なスイッチを押してしまう。ミュオンが昨日帰った後だって大変だったのだ。思わず黙り込んだバイレッタの横でふふっとアナルドが魅惑的に微笑んだ。

「それはとても楽しみですね」

すでになんか変なスイッチが入っているかもしれない。バイレッタは極力彼の発言の意図を考えないように努めた。

けれどミュオンとのやりとりは既視感を覚える。ふと懐かしくなって瞳を細めた。昔もよくミュオンにお膳立てされて、やり返したことがあったと思い出したのだ。いつもは陰口を叩かれても無視をするだけだったが、彼女にけしかけられて言い返したものだった。

「ミュオン様が絡むとすぐに相手が激高されるので、困りました」

「煽りは上手なのよ。なんせ小国でもれっきとした王女ですから。目上から物を言えば、帝国のへなちょこ貴族なんて皆すぐに怒ってくれるのだもの」

「王女に煽り属性は必要ないと思われますが？」

「それを言うなら貴族令嬢にも悪女のレッテルは必要ないわよ」

確かに、悪女なんて貴族令嬢に最もふさわしくない。そうはいっても社交界を長らく騒がせていた毒婦で有名な女伯爵は存在していたわけだが、彼女とバイレッタ以外に騒がれているのを聞いたことがないのは必要がないからだろう。

お互いにツンツンしながら言葉を交わして、見つめ合う。

するとどちらからともなく、ふっと息が漏れた。それからくすくすと笑い合う。

「ほんと、昔から貴女は減らず口ばかりね。王女を少しも敬いもしないのだから」

「ミュオン様が友人として接してほしいと命じられましたから。命令された通りに従っただけですわよ」

「素直に従える度胸が凄いって褒めているのよ。他の学友は皆、控えめで大人しかったじゃない。一定の距離を取られていたわ」

「ミュオン様が無茶ばかりされるので、皆様心労がたたって無口になってしまったのでしょう」

「あら、酷い。でも私を振り回したのは、バイレッタのほうですから」

「そんな記憶はありません」

「だから無自覚バカレッタなのよ。たちが悪いんだから」

　本当に記憶にはないのだが、そういえばいつもミュオンからは責められていたような気がした。けれど、ずっと彼女に振り回されていたバイレッタだからこそ、お互いさまなのではないかとも思う。

　お互いがお互いを振り回していると文句を言っているのだ。

「アナルド様は、彼女の学院時代の話を聞いたことはありますか」

「多少は。噂程度ですが」

　どんな噂かは知らないが、いずれも碌でもないものばかりだろう。

　バイレッタは昔から散々に言われていたのだから。

「では彼女の武勇伝をご存じかしら。学院の女子生徒たちを感涙させたのですよ」

「ミュオン様、それは大げさではと……」

「興味深いですね、ぜひ教えていただきたい」

　嫌な予感がしたバイレッタがミュオンを止めようとしたが、アナルドが身を乗り出して聞く体勢を取る。

「男子生徒たちが乗馬の授業をしている間、女子生徒は見学することが許されているのですけれど。その授業中に生徒の一人が操縦を誤って馬を暴走させてしまったのです。それをバイレッタがその場にいた別の馬で颯爽《さっそう》と追いかけて、華麗に飛び移って男子生徒を助けて馬を宥めて戻ってきたのですわ。その手際のよさとあまりの格好よさに見学していた女子生徒は悲鳴と号泣と失神の嵐で。物凄い騒ぎになったのですよ」

「ですから、そんな大げさな状況ではありませんでしたよ」

「それは目に浮かびますね」

呻くようにミュオンを窘めれば、アナルドがなぜか大きく頷いている。見てもいないのに無責任に納得しないでほしい。

「あれには惚れた男子生徒もいたに違いありませんね。助けられた男子生徒も見惚《みと》れていましたから。バイレッタは本当に学院中の憧れでしたのよ」

「彼からは余計なことをするなと叱られましたわ。教師からもお説教ですよ。どこにも褒められる要素がありません」

バイレッタがその時の顛末《てんまつ》を語れば、ミュオンは肩を竦めてみせた。

「相変わらずのバカレッタ発言をありがとう。ああ、ちょうどお店に着いたわよ。買い物を楽しみましょう」

ミュオンの言葉の通り馬車が停まり、御者が扉を開けて、ミュオンを降ろしてくれる。そのまま、バイレッタも続く。

「先にお店に行っているわね。行きましょう、バイレッタ」

馬車を店先に停めておけないので、どこか別の場所に移動させるためアナルドは少しの間離れるようだ。バイレッタはエルメレッタを彼から預かりながら、ミュオンに頷いた。

「わかりました」

「貴女の旦那様は、普段は随分と無口なのね」

「むしろ話し出したら要注意ですわ」

バイレッタは去っていくアナルドの後ろ姿を見やって、肩を竦めた。

「自分で事業を興して婚家でも働いて、貴女働きすぎだわ。その上、旦那様にまで気を遣っているの。なんだか大変ね」

「そこまで大変でもありませんよ。それに気を遣っているというわけでもないです。アナルド様は何を考えているのかわからないことも多いので戸惑いますが……」

バイレッタがエルメレッタを抱っこしながら言い淀めば、ミュオンは猜疑心《さいぎしん》に満ちた目をしていた。

「この態度……やっぱり騙されているのかしら？」

「ミュオン様、どうかされましたか？」

「ううん、なんでもないわ。とにかく、中に入りましょう」

ミュオンの案内で店に向かう。彼女が連れてきた店は確かに貴族御用達の店のようだった。いたるところに豪奢《ごうしゃ》な飾りつけがされており、高級感が漂っている。

店内に入れば数点ドレスが飾られていて、婦人向けの洋装店だとわかった。

だが入った途端に、男の怒鳴り声が聞こえてきて、バイレッタは思わずミュオンを庇いつつエルメレッタを抱く力を強めた。

「俺は彼女に似合う水色のものを注文したはずだろう！　なぜこんな深い青なんだっ」

見れば、トルソーにかかったドレスを前に、大柄な男が店員の女性に向かって怒鳴り散らしていた。彼女は首を竦めながら、震える声だがしっかりと返事した。

「ですが、ご注文には確かにセイビックブルーと承っております」

「そんなことは知らんっ。俺が頼んだのは彼女の瞳に似合う水色だったんだ」

彼女の他にめぼしい店員の姿はなく、しばらくは彼女一人で対応しなければならないようだった。

「あの、お話し中のところ失礼いたします」

バイレッタはすかさず店員と男の間に割り込んだ。

「な、なんだ」

「注文された時に、見本の布を見ましたか？」

「い、いや見ていないが……」

「見本の布を見ないでドレスを作らせたのですか……それほどお急ぎでいらしたんですね」

男性が贈り物として婦人用のドレスを作らせることはよくあるが、基本的には見本用の布地を見て選ぶ。だが中にはイメージや色を指定して、あとは店に丸投げする客もいる。そんな客は布地の見本など見もしない。もしくは女性にねだられて、知ったかぶりをして色の名前を指定することもある。思い込みのまま注文してくるので、実際の出来上がりとイメージが違うと怒られるのはままあることだった。

バイレッタも帝都の洋装店のオーナーであるので、無茶ぶりをする客の対応には慣れたものだ。

ただ、目の前の男が実際に注文した時になんと言ったのか証明することは難しい。店員が言ったようにセイビックブルーなら目の前のドレスは正しい色だ。そして男が欲しいのは水色なのも正しいのだろう。

「今から作り直すとなると時間がかかりますよ。でしたら、このドレスを水色に変えてはいかがですか」

「どういうことだ」

「彼が気に入らなくても私が購入させていただくわ。だから、ヴェルヴェンチュールを持ってきてくれない？」

バイレッタが店員の女性に声をかければ、彼女ははっとしたように壁の棚にある筒を引っ張り出した。

先ほど飾られていたドレスの裾の部分に使われているのを見かけたので、絶対に置いてあると踏んだが間違いなかったらしい。

店員に渡された筒から巻き付いている布を広げて、ドレスに当てる。

すると深い青色が一瞬で鮮やかな水色に変わった。

「はあ？」

「こうすれば一層華やかになりますから、お勧めですわよ」

ぽかんと口を開けた男ににっこり微笑んでみる。

ヴェルヴェンチュールは蜘蛛《くも》の巣《す》のように細かい網目の真っ白な生地だ。重ねると下の布地を透かして白が混ざったような色になるのだ。

「こちらでいかがですか」

「いいな、これをもらおう」

満足げに頷いた男の横で同じくぽかんとしていた店員にバイレッタはこそっと耳打ちする。

「どれくらいで出来上がるか、確認してきたほうがいいんじゃないかしら」

「わ、わかりました。少々お待ちください」

店員は奥へと慌てて引っ込んだ。作業場に確認しに行くのだろう。

男は穏やかに感謝を述べる。

「いや、助かった。さすがに始めから作り直していては間に合わなかった」

「お役に立てて何よりですわ」

バイレッタが向き直れば、男は目を瞠り、そしてバイレッタの肩を摑《つか》んだ。

「あ、あの……よければ、一着貴女のためにドレスを贈ってもいいだろうか」

「いえ――」

「彼女に目を留めるなんて身の程知らずね。それともよほど自分に自信のある勘違い男なのかしら？」

バイレッタが断ろうとした言葉を遮って、ミュオンがすかさず返事をした。そのまま男の手をぱしんと払いのける。

スタシア高等学院時代でもバイレッタに声をかけてきた男をミュオンがよく威嚇して回って派手に怒らせていたのだと思い出した。おかげで悪女の噂がさらに真実味を帯びたことは否めない。

だが、まさかこの年になっても、同じだとは思わなかった。

男がたたらを踏んで、割り込んできたミュオンを見下ろした。

「何を言って――って、そのテンサンリの民族衣装……まさかお前ミュオンか？　なんでここにいるんだ」

「私の名前を呼び捨てにする無能っぷりと、その汚らしい金とも呼べない髪色のあんたはまさかガインゼル？」

「だから、俺はアッシュブロンドだって言ってんだろうが。相変わらず口の悪い横柄な女だな」

「アッシュブロンドっていうかくすんだ金ですらないそこいらの金属の色よね。だからあんたは無能だっていうのよ。王女なのだから私は偉いのよ！　横柄なのではなくて、当然の権利なのっ」

「はっ、我が領地ほどの大きさもない小国の王女がなんだっていうんだ。帝国なめんじゃねぇぞ」

「あんたにどんな権力があるっていうのよ。軍人でもないから一兵だって動かせないでしょうが。いつ伯父様に会いに行っても領主補佐がいないってどういうことなのよ。しかもこんなところで会うなんてね！　伯父様だってすっかり愛想尽かしているじゃない」

「あんなくそじじいでも俺に縋《すが》らなきゃならないんだよ。なんせ、俺が唯一の後継者だからな」

「そっちこそそれしか縋るものがないくせに、何を偉そうに！　この無能の甲斐性《かいしょう》なしっ」

二人の言い合いは留《とど》まるところを知らず、どんどん白熱していく。いつの間にか店にやってきたアナルドが、目線でバイレッタにどういう状況かと問いかけてきたが、なんと答えるべきかと逡巡《しゅんじゅん》した。

話の流れから、相手の正体に心当たりは一人いる。

けれど、随分と男の態度が悪い。

旧帝国貴族派の嫡男は、いずれも高位貴族であり、矜持が高いが物腰は丁寧だ。言葉が穏やかで上品な者が多い。特に文官である者たちはその傾向が強い。

だというのに、目の前の男からはそんな要素を微塵も感じないのだ。

「たぶん、ミュオン様の従兄様ではないでしょうか」

疑問を交ぜつつ口にすれば、アナルドも思案げに眺めている。

「確かヘイマンズ領主の息子は領主補佐をしていると聞いていましたが」

領地に父親と引っ込んで、領内のことを片づけているらしい。それだけ聞けば立派な跡継ぎではあるが、領地でほとんど遊んでいるだけだと噂されていた。実際、ミュオンと顔を合わせていなかったことがその証拠かもしれない。父親が考えた苦肉の策が領主補佐という仕事だ。つまりほとんど肩書だけで実態がないのだろう。

ガインゼルとミュオンの言い合いがまた始まった。

「お前はいつも軍人贔屓だが、いいかあいつらは単なる人殺しだぞ」

「散々守られてるくせに大きな口叩くんじゃないわよ。相変わらず伯父様にも迷惑かけているでしょうが。嫡男なのだから、いい加減に領地の将来も見据えて動きなさいよ」

「ふん、余計なお世話だ。そもそも我が領地は軍人などに尻尾を振らなくても十分にやっていけるさ。それをあのくそじじいは一向に認めようとしない。軍人なんて間抜けを晒せばいいんだ。いいか、スワンガン伯爵家の者たちが来るかもしれないが、あいつらは軍人一家だ。一切ドレスなどを売りつけるんじゃないぞ」

突然名前が出てきて、バイレッタは思わず動きを止めてしまった。

男が戻ってきた店員に声高に告げるが、ミュオンは相手を警戒するように睨みつけている。

「どういうこと？」

「ガーデンパーティーの招待状を出してやったんだ。のこのこやってきても碌な服がないだろうさ」

「はあ？ そういうところが本当に陰険だっていうのよっ。夜会用の服くらい持ってきているものでしょう？」

「軍人だぞ。しかも昼用のデイドレスだ。夜会用はあってもデイドレスまでわざわざ持ち込まないだろう」

「はん、浅はかね！ というかそういう小さい嫌がらせ……まさかスワンガン伯爵家が泊まっている別荘の食材を全部駄目にしたのもガインゼルの仕業じゃないでしょうね」

「なんでお前がそんなことを知っているんだ？」

「もう本当におバカなんだから！ あの貸し別荘地は伯父様のものなのよ。使用人だって全員伯父様の息がかかっているわ。軍人派に気を遣って用意しているとわからないの。それを息子の独断で台無しにするだなんて、信じられない。余計な嫌がらせしてないで、黙って伯父様の手伝いでもなさいなっ」

「よそ者が余計な口出しすんじゃねえ。だいたい、お前こそこんなところで暇持て余して買い物してるんだろうが！」

「あんたの代わりに伯父様にもてなすように仕事を振られたのよ！　よそ者だっていうのなら、さっさと私と代わって役目を果たしなさいなっ」

「これはしばらく終わりそうにありませんね」

アナルドの言葉に、バイレッタは静かに頷いた。

店員は言い争う二人から距離を取って困ったように見つめている。止めようかと迷っているようだが、自分の手には余ると理解しているようだ。

「あの、すみません。この子のガーデンパーティー用のドレスをお願いすることはできますか？」

バイレッタは店員に声をかけて、さっさと用事を済ませることにした。

ミュオンが言う通り、デイドレスはきっちりと用意してきている。ないのはエルメレッタのドレスのみだ。男の嫌がらせはほとんど意味をなさない。別に名前を告げる必要もないだろう。前払いで支払って店に受け取りにくればいいだけなのだから。

無事にエルメレッタのドレスの注文も終わり、店を出る頃にはガインゼルの姿はなかった。エルメレッタの採寸をするために奥の部屋へと案内されている間に、店員にドレスの出来上がり時期を伝えられると満足そうに帰ったということだ。

一部始終を見ていたミュオンだけはずっと腹を立てていたが、バイレッタとしては店員が感謝の気持ちとしてエルメレッタのドレスをはりきって仕立ててみせますと宣言してもらえたことのほうが嬉しかった。双方丸く収まったのなら何よりである。

用事が済んだので別荘に戻って、そのまま少し早い夕食となった。

正式にミュオンを晩餐に招待しているので、そのまま食堂へと行く。エルメレッタは出迎えた乳母に預け、今はアナルドとバイレッタとミュオンの三人だけ席に着いて晩餐が始まっているが、彼女はずっと憤り続けている。

「ガインゼルに会うなんてついてないわ。伯父様に挨拶に伺った時だって一度も会わなかったっていうのに。五、六年ぶりくらいに会うけれど中身は全く変わっていないわね、あの最低男！　スワンガン伯爵家に地味で陰湿な嫌がらせをしていたのよ。本当にごめんなさい。この件は伯父様にもしっかり報告するわ」

「ミュオン様が気になさることではありませんわ」

「いいえ、これは明らかにヘイマンズ家の失態よ。あれと僅かでも同じ血が流れているだなんて、本当に信じがたいのだけれど！　まさかガーデンパーティーへの招待状まで嫌がらせの一環だったなんて。エルメレッタのドレスは注文していたようだけれど、貴女たちの分はきちんとあるのよね。用意がないなら、伯父様に頼むけれど」

「私たちのことはご心配なく。エルメレッタの分も小さいので二、三日で出来上がると言われましたので十分に間に合いますわ。もちろん、スワンガンの名は出しておりませんので、あの店が咎《とが》められることもないでしょう。それにこちらも用がありましたので、好都合でしたわ」

ヘイマンズ伯爵からの招待ではなかったが、バイレッタにとっては領地の街道整備について話を伺ういい機会ではあった。わざわざ約束を取りつけなくて済んでよかったほどだ。また向こうの思惑も判明したので、むしろすっきりしたとも言える。

「まあ、それもそうね。ガーデンパーティーの参加も併せて伯父様にはしっかりと伝えておくわね。それにしても、あの男すっかり怒ったことなんて忘れて上機嫌で帰っていったのよ。馬鹿なくせに知ったかぶりするから、ドレスの色を間違えるのよ。絶対にあいつが悪いくせに、一言も謝らずに！　追加料金に言いがかり料を上乗せして領主館に送り付けてやりなさいと店に言ってやったわ」

「まあ、それは……」

領主の嫡男に迷惑料を払えだなんて一般の平民にはとても言えないだろう。ミュオンとの板挟みになって、あの店員も可哀《かわい》そうに。

南方領は年中温暖なため社交シーズンを終えた冬頃がオンシーズンになる。今はオフシーズンだから、店もあまり人を置かないようにしているのだろう。なぜ彼女しかいなかったのかはわからないが、奥の部屋には針子しかいなかった。採寸をしてくれたのは針子で、明らかに人がいない。

店長は上得意の家に出掛けていて、たまたま人がいないということだったが、どちらにしても彼女にとっては災難なことである。せめて店番には二人以上欲しいものだとバイレッタは実感した。

「どうせ今度のパーティーに連れてくる恋人まがいの女のためのドレスよ。思い入れがないくせに、建前上気にしているのを装っているのがますます腹が立つわ。何が彼女の瞳と同じ水色、よ！」

「ミュオン様、まるで嫉妬しているような口ぶりですわね」

「冗談じゃないわ！　あの馬鹿男が貴女に色目を使ったから怒っているのよっ」

ダンッと肉にフォークを刺しながら、ミュオンがバイレッタを睨みつけた。

そうでしょうね、とバイレッタは納得する。

いくら色恋に疎いバイレッタでも、ミュオンが照れ隠しでなく本気で従兄を嫌っているのは物凄くよく伝わった。

そういえばミュオンが昔、言いがかりをつけてきた少年たちを蹴散らしていた時も同じ理由だったなと懐かしくなる。バイレッタに好意を寄せているだの、気を引きたいからだのとどれほど自分に自信があるのだと憤っていた。バイレッタにとってはミュオンの怒りポイントのほうがわからない。別に言い寄られてもいないし、気を引くためとも思えなかった。完全なる言いがかりだ。その上、相手の自尊心を傷つけるようなことしか言わないので、大惨事に発展していた。

「ほう、色目ですか……」

それまで静かに食事をしていたアナルドが、ぽつりと言葉を吐いた。

なぜか背筋がぞっとして、バイレッタは持っていたカトラリーを静かに置く。ミュオンもアナルドの様子が変わったことに気がついて、一旦落ち着くことにしたようだ。

「ドレスをプレゼントさせてほしいなんて言って下心満載だったわよ。エルメレッタを抱っこしていたのに、少しも目に入っていなかったわね」

「覚えておきましょう」

「そうしてくださいな！」

アナルドが頷けばミュオンも盛大に頷いた。

この二人が合わさると危険なのではないかとようやくバイレッタは気づいた。静かに暴走するアナルドをミュオンが助長させているとしか思えない。

「ひとまずあのバカのことはいいわ。それより、明日は舟遊びに行かない？　伯父様が舟を貸してくれるっていうから、皆で行きましょうよ。エルメレッタも連れていけば喜ぶわ。ねえ、アナルド様もよいと思われるでしょう」

「そうですね。バイレッタは舟遊びをしたことがありますか」

「え、いえ、遊びでは初めてですわ」

「じゃあ、尚更に行くべきね！」

ミュオンが押し切るが、アナルドからは特に異論はないようだ。彼は気にした様子もなく食事を続けている。

けれどそもそも新婚旅行だと一番楽しみにしていたのはアナルドだ。彼は彼で何か予定を組んでいたのではないだろうか。エルメレッタの成長祈願ですら、やっていないのだ。連日ミュオンがやってきてあれこれと決めてしまうので、アナルドの予定を何一つ聞いていない。

「お弁当も作ってもらって、湖畔で食べましょうよ。きっと楽しいわ」

ことさら明るい声で言い放ったミュオンの弾《はじ》けるような笑顔に、バイレッタは頷くことしかできなかったのだった。

午前中からミュオンに案内されてやってきた湖畔は、周囲の中でも一際広く美しいところだった。静かな森の遊歩道を抜けると、青々とした水を湛《たた》えた湖が広がっているのだが、湖の近くまで馬車で寄れるところも魅力的だ。しっかりと観光地として整えられている。町にも近いので、何かあればすぐに戻ることもできる。

湖の上には小舟が二艘《そう》ほど浮かんでいた。ミュオンがヘイマンズ伯爵に頼んだ舟は二人乗りの小舟だ。真っ白でしなやかな曲線を描く貴族が好みそうな洒落《しゃれ》た造りになっていた。ミュオンの勧めで家族三人で舟に乗ると、意外にもアナルドは上手に漕《こ》いだ。

慣れた手つきに、バイレッタは思わず感心する。

聞けば、東南地方にある川で舟を漕いでいたそうだ。行軍の一環だったようで、ヴォルミたちも漕げるらしい。軍人はいろんなことをするものだ。

エルメレッタも初めての舟遊びを楽しんだようで興味深そうに湖面を見つめ、動く舟や櫂《かい》を持つ父親の姿を眺めていた。

岸に戻ってきて、一緒に来ていたヴォルミとケイセティにエルメレッタを預け、バイレッタは昼食の準備を始めた。アナルドも手伝ってくれて昼食用に持ってきた敷物を広げる。木の陰になって強い日差しを遮ってくれるので心地がいい。

アナルドが飲み物や食器の入ったバスケットを馬車から降ろしてくれたので、それを確認しているとケイセティがエルメレッタがいなくなったと叫んだ。一人態勢で見ていたのがよくなかったと、二人ずつで子守をするようにしたと報告を受けていたすぐのことだった。ちゃんと見ていたつもりだったのにと真っ青になった二人とともに四人で周囲を探したが、すぐにアナルドが見つけて連れてきてくれた。本当にいつもどこに行っているのか。

アナルドがエルメレッタを抱っこしていれば、疲れたのか彼女は水を飲んで眠ってしまった。

準備を整えているとがっくりとヴォルミが敷物に膝をついた。

「もう、無理だ」

ヴォルミが苦り切った顔でバイレッタに訴えた。

「少しも大人しくない。隙を見て逃げ出す。呼んでも出てこない。寝ているのかと思って油断させて逃亡する。こんな厄介な相手は敵兵にだってそういない」

「敵兵って……」

バイレッタは呻くように告げたが、ヴォルミの横に座りながら項垂れているケイセティも涙声だ。

「僕、絶対に馬鹿にされてるんだ。時々そんな見下すような視線を向けられるからねっ。小隊長なんてストレス溜まりすぎて寝られないって今日も寝台から出てこないんだよ。寝ると夢にまでエルメレッタが出てきてうなされるからって。胃痛が悪化して手元にある胃薬も全然効かないってぼやいてたし」

「なぜそんなことに？」

純粋に大変だと労えばいいのか、それとも環境を改善するべきなのか。

アナルドに抱っこされてすやすやと寝ている娘に視線を向けて、すっかり憔悴しているヴォルミとケイセティに視線を戻す。

「二人で見ていたのですよね？」

「敷物の上に座らせてたんだ。僕が近くにいてヴォルミは少し離れていたけれど。喉が渇いたという彼に飲み物を手渡して一瞬目を離した間にもういなかったんだ……」

エルメレッタが忽然《こつぜん》と姿を消したというわけだ。

いや、そんな一瞬で？

子守要員として来てもらっているが、正直三人もいらないと考えていたが甘かったようだ。そもそも軍人を子守に起用すること自体が間違いなのだが、それが男性なのだからますます難しいのかもしれない。いやこの際、性別は関係ない。きっと性格の問題だ。むしろエルメレッタとの相性かもしれない。乳母はひたすらにエルメレッタは可愛くて大人しい子だとしか言わない。

まだ一歳にもなっていないのに人を見る目はあるのだろうか。というか、彼らはからかわれているのか。軍人三人を相手どっての盛大な遊びとか。

それはなんとも末恐ろしい子供のような気がする。

さすがアナルドの血を継いだだけはある。やはり性格はアナルド似だ。

「ええと、どうすればいいかしら」

途方に暮れたバイレッタに、事の重大さがわかっていないと二人は嚙みつかんばかりの勢いで話した。

「あの血筋はだめだ、相性が悪いんだ！」

「上官と同じ目で見てくるんだ、背筋が凍るよっ」

彼らはアナルドにも苦労させられているのだなと実感した。

彼らを労うためにもおいしい食事を食べよう。昼食用にバスケットを持ってきたのだ。作ったのは別荘の料理人なので、腕は確かだ。いつもおいしい料理を食べさせてくれるので、今回も外れはないだろう。

だがそのためには、今姿の見えないミュオンを探しに行かなければ。

迷子になった従者を探してくると言って、離れたきり姿が見えない。従者の姿は最初から見えなかったが、アナルドに確認すれば気配はしていたとのことだった。本当に姿を現さずについてきているようだ。従者の意味をバイレッタは考えてしまったほどだったが、いつの間にかミュオンから離れてしまったらしい。主人を放っておくとは何事かと憤ったミュオンが自ら探しに出たのだった。それがバイレッタがバスケットを取りに行く前の話で、こうして昼食の準備が整ってもまだ戻ってこないのだ。

「ミュオン様が戻ってきたら皆で食事にしましょう。きっと元気になれますよ」

バイレッタはそっとバスケットの中身を彼らに差し出した。

昼食用に持ってきたものだから、もともと大勢で食べることを想定しているけれど、彼らの普段の食べっぷりを見ていると物足りないかもしれない。

「わあ、ありがとう、バイレッタさん」

「坊やと一緒にすんな！　俺は飯なんかで誤魔化されないからなっ」

「ヴォルミは出会いがないからって僕に八つ当たりするのやめてくれないかな。町に行けば出会いがあるって夜な夜なウキウキ出ていったくせに、三日目ですでに辛気臭いんだからっ」

夜にはエルメレッタの子守は乳母に任せて三人は解放されるので、ヴォルミあたりは町に遊びに出ているものだと思っていた。

なぜそんなに出会いがないのか。

ケイセティも迷惑そうに尋ねている。

「なんか先に手を出してる男がいるらしくて、微妙にこの町の女たちはガードが堅いというか傷心者が多いというか。まあ傷ついている女を慰めるのも楽しいんだが、そうなると重くなっちまって遊びじゃなくなっちまうし。期間限定の恋がしたいだけなんだがな」

なるほど、原因はミュオンの従兄かもしれないなとバイレッタは納得した。

地元に有名な遊び人がいれば、ヴォルミのような軽い男は確かに警戒されるだろう。

どの町にも遊び人はそれなりにいるものだが、遊びには向かない女が多いのかもしれない。そもそも遊びで男女の関係になるということがバイレッタにはよくわからないのだが。

「やっぱりクズじゃないか。結婚相手が欲しいんじゃなかったの」

「帝都から微妙な距離すぎて……あっちまで一緒に来てくれるなら考えるけど、そこまで仲を深める時間もないだろ」

ケイセティが嫌悪感も顕《あら》わに告げれば、ヴォルミは悪びれもせずにしれっと答えている。

「じゃあ、尚更しっかり食べてくださいね。ミュオン様を探してきますから、少しだけ待っててくださいね」

バイレッタがミュオンを探しに向かうと、ヴォルミが慌ててついてくる。

「ちょっと待って、一人で行かせられない」

「何も起こらないと思いますけど。そもそもヴォルミさんは子守要員ですよね」

「エルメレッタは中佐が見てるから安心だけど、バイレッタちゃんを見守ってなくて何かあったら、もの凄い怖いお仕置きが待ってるので。俺の安全のためにも一緒に行かせてくれ」

あまりに真剣に言うので、それ以上強く断ることもできない。バイレッタは引きつった笑みを浮かべるしかなかった。

二人で連れ立って湖畔から離れ森の中の小道を進めば、やや開けた場所でミュオンの声が聞こえた。

「お断りするわ、下劣な輩《やから》に触られるのは我慢ならないの」

声のしたほうに向かえば、ミュオンが三人の男の前で仁王立ちしていた。背中に小柄な女性を庇っている。

静かな声は怒りを抑え込んでひどく硬質に響く。けれどゲラゲラと嗤《わら》う男たちの声に一切の怯えはない。

「ほう、気の強いお嬢ちゃんだ」

「ああ、怖いなあ。だけどこんなところに一人でいるなんて、もっと危ないぞ。俺たちみたいな悪い男にかどわかされるからな」

「違いねぇ」

柄の悪そうな男三人に囲まれたミュオンの様子を見ると、背中に庇った女の代わりに遊びに誘われたのだろう。なぜこんな場所に男たちと女がいるのかはわからないが、そのうちの一人の男がミュオンに向かって手を伸ばす。

それを彼女は素早く払った。

「無礼者。許可もないのに、触らないでちょうだいっ」

気迫の籠もった怒声に、男たちも動きを止める。

「なんだあ、本当に気が強いな」

「おい、図に乗らせるのも問題だぞ」

「さっさと大人しくさせちまおうぜ」

目つきの変わった男たちにミュオンの身に危険を感じたバイレッタが駆け寄ろうとすると、ミュオンを庇うようにどこからともなく黒髪の男が現れた。

「姫様、戯れはほどほどにしてください」

「ゼリア！　お前がいなくなるのが悪いのではないの？」

「ちょっとのっぴきならない事情があったんですよ。だからって少し目を離しただけでこれかよ」

うんざりしたようにゼリアと呼ばれた男はため息をついて、男たちを睨みつけた。

「さて、うちの姫様にちょっかいをかけた罰を受ける覚悟はできたか。こんな危険な場所にオレを出向かせるなんてほんと腹が立つってもんだ」

一声だけで、三人の男たちは恐怖に顔を歪《ゆが》ませた。

ミュオンが名前を呼んだということは知り合いだろう。つまり探していた従者というのが彼のことだと察した。人見知りですぐ迷子になる困った従者は、視線だけでならず者をどうにかできるほどの実力の持ち主らしい。

「俺も加勢しようか？」

バイレッタの横にいたヴォルミが声をかければ、三人の男たちがぎょっと振り返った。

ヴォルミは長身で獰猛そうに笑うだけでひどく好戦的に見える。狂暴な獣が舌なめずりしたような錯覚を覚えて、バイレッタは小さく呻いた。三人の男たちの末路はどう考えても悲惨だ。逃げの一択をお勧めしたい。

「いいや、結構だ。姫様をお願いしてもいいか？　お前たちはちょっとあっちでオレと遊んでくれよ」

ゼリアと呼ばれた男がなぜか顔を向けずに早口でまくし立てると、片腕で男の一人の肩を抱いて、残りの二人を引きずるようにしてその場を離れた。男たちは暴れて文句を言っているが、腕力で全く敵《かな》わないのか最終的にはゼリアと一緒にいなくなってしまう。

「全く困った従者よね。人見知りだからって主《あるじ》を他人任せにするものじゃないわ」

「ミュオン様、あのまま放置していてよろしいのですか？」

平然とゼリアに背を向けてやってきたミュオンに、バイレッタが尋ねると彼女は面白そうに笑う。

人見知りだというのに見知らぬ男たちの相手ができるのだろうか。

「いいのよ、暇をしていたみたいだし。退屈しのぎにはちょうどいいのではないかしら。それよりも、貴女は大丈夫かしら」

背中に庇っていた女はミュオンの視線を受けて、慌てて頭を下げた。

展開が早すぎてぼんやりしていたのか、ひどく焦った様子である。

「す、すみません。助けていただきありがとうございました」

「いいのよ、それよりも怪我がなければよかったわ」

「先ほどの方は大丈夫なのでしょうか」

「彼女にも言ったけれど、私の従者でそれなりに腕に覚えはあるのよ。なんら問題はないわ」

従者を信頼している言葉のようにも思えるが、淡泊な反応だ。

けれどヴォルミは男たちのほうが気になったようだ。

「ああいう輩を最近町でよく見かけるんだよな。なんでこんなところにまでいたのかは謎だが。ま、それほど危険なやつらには感じないが、バイレッタちゃんも注意してくれ」

「貴族御用達の観光の町で領主館があるのに不思議な話ね。オフシーズンだと集まってくるのかしら」

「最近やってきたようです。特に何かをするわけでもなく昼からあちこちをぶらついていて……町でも迷惑がられているんですよね」

女が顔を顰めて説明すると、ミュオンも頷いた。

「そういえば、あのようならず者たちを見るなんて珍しいわね。声をかけられたのも初めてだわ。今度、伯父様にも聞いてみようかしら」

「伯父様？」

「ここの領主をしているのよ」

不思議そうに聞き返した女にミュオンが茶目っ気たっぷりに微笑んだ。

けれど、彼女には逆効果だったようだ。

「ご領主様の……っ？　あの、本当にありがとうございました」

ミュオンの身分を悟って、女は再度頭を下げると逃げるように去っていった。

「散策に出たら男たちに絡まれていたから助けたのだけど、むしろ声をかけて怯えさせちゃったかしら」

「町の女性でしたらほとんど平民ですしね。客以外では貴族と極力関わりたくないでしょう」

あっという間に姿が見えなくなった女が去ったほうを見やってミュオンがため息をついたので、バイレッタも同情する。

「あの男たちほど彼女の神経が図太かったら助けた甲斐もあったかしらね」

「確かに、図々《ずうずう》しい連中だ。姫様に声をかけるとか身の程知らずだよなあ」

ヴォルミがぼやけば、ミュオンは猫のような瞳をまん丸に見開いた。

「光栄だわ。貴方のような男に褒められるのは悪い気はしないわね」

「なぜ？　いい女を褒めるのは当然だろう。それで口説くところまでが一連の流れだ」

「まあ悪い男ね」

くすくすと笑うミュオンに、ヴォルミは肩を竦めてみせただけだった。

「バイレッタちゃんといい、姫様といい、ガードが堅い女を落とすのも楽しいんだけどな。どっちも俺の命が危ないから、迂闊《うかつ》に手が出せない」

「心外ね。私はバイレッタと違って怖い保護者はいないわよ」

「あの従者君はなかなか曲者《くせもの》だろう。細身だが腕力もあるし動きも俊敏だ。かなりの手練《てだ》れと見た。やってきた時の気配も読みづらかったしな。あんなのを傍に置くなんて姫様も人が悪い」

「あら、ゼリアもなかなかやるものね」

「私にもそんな保護者はいませんが」

叔父のことだろうか。彼なら姫が口説かれていたとしても、よほどのことがない限りは静観しているだろう。姪の腕が立つこともしっかり理解しているのだから。相手を脅したり、ましてや命を脅かすほどに怖がらせたりはしないはずだ。

仮にアナルドだったとしたら、あの男は決して保護者の枠に当てはまらない。迷惑をかけられることはあれど、保護されている気には全くならないからだ。

むしろこちらが保護者なのでは？

そんな立場は願い下げだが、つい憤ってしまう。

「これ、本気で気がついていないということなの？」

「いや、どうなんだ。なんにしろ自覚がある分、姫様のほうがましだな。バイレッタちゃんは野放しにしすぎる。せめて手綱くらいは握っていてほしいものだ」

顔を見合わせため息をついたミュオンとヴォルミに、バイレッタが瞬《まばた》きを繰り返しているとさらりと話題を変えられる。

「まあ、いいわ。それよりお昼の準備が整ったのね、呼びに来てくれたのでしょう。迷惑をかけたわね」

「いえ」

「そうそうヴォルミと言ったかしら。貴方も女遊びがしたいなら今度のガーデンパーティーには可愛い子がいるから楽しみにしてなさい」

なぜかミュオンが偉そうに自慢している。だがヴォルミは目を輝かせた。

「ありがとうございます！」

先ほどまで育児ノイローゼのように落ち込んでいたのが一瞬で笑顔になる。まあ元気になったなら何よりである。


そして湖畔に出掛けてから三日後に迎えたガーデンパーティーの当日、バイレッタの意識はどんよりとしていた。

昨夜はほとんど眠れなかったので体が辛い。正確に言えば、アナルドが寝かせてくれなかった。

こちらに到着してからほぼ毎晩、攻め立てられている。

新婚旅行などそんなものだと嘯く夫に、昼は手を出していないのだから許容範囲ではないかと首を傾げられて本気で殴ってやろうかと思った。すでに初日に明るいうちから手を出した男の台詞《せりふ》ではない。まさか忘れたとは言わせないぞと思わず握り拳を作ったけれど、やったところで返り討ちに遭うのはわかっているので隙をつこうと心に決める。

軋《きし》む体を寝台から無理やり引きはがすのにも慣れたものだが、さすがに疲労が溜まっている。帝都で仕事をしている時よりもしんどいとかどういうことだろう。旅行ってもっと楽しいものなのでは。こんなに体が辛いなんて聞いていなかったとバイレッタはもはや旅行に来たことを後悔しているほどだ。

昨日は少し天気が悪かったが、打って変わって晴れ渡った青い空が目に染みる。欠伸《あくび》を嚙み殺すバイレッタの目を容赦なく射るほどに。バイレッタ付きのメイドはガーデンパーティーの支度を整えながらも、バイレッタの体に残った情事の痕に関しては一言も言わなかった。さすがに行き届いているメイドである。バイレッタの心情的には顔を覆ってのたうち回っていたけれど。

そうしてやってきた領主館は丘の上に建てられている。高台に建つ広大な屋敷はちょうど町を見下ろせる位置になる。大きく開かれた庭は丁寧に整えられており、屋敷を囲うように設《しつら》えられている。

建物自体は年代物のようで重厚感がある。スワンガン領主館は北の地らしい落ち着きがあるが、南のほうの建物は華やかだ。壁を飾る彫刻も庭の花々も派手ではないが明るい色合いになっている。

馬車から親子三人で降りれば、すぐ後ろからサイトールたちも続く。派手に着飾ったミュオンがバイレッタたちを出迎えてくれた。いつものテンサンリの衣装の中でも特に華美なもののようだった。ヴォルミが口笛を吹いて囃《はや》し立《た》てるとすぐさまケイセティが肘鉄を食らわせていた。それをサイトールが呆れつつため息をついて眺めている。そっと胃を押さえているところを見ると体調はあまり芳しくないようだ。どこにいても通常仕様の三人にバイレッタは苦笑するしかない。

「ようこそ、領主館へ」

ミュオンの歓迎会だと聞いているが、ホスト役でもあるのかと驚いていると、手を引かれた。

「こちらが会場なの、もう待ちくたびれたわ」

「時間には遅れておりませんが」

苦笑気味に告げれば、ミュオンはぷんすかと怒ったふりをする。

「時間に遅れていなくても私は待ったの！　とにかく聞いてちょうだいよ。伯父様に確認したら、今日はガインゼルが結婚したい相手を身内に紹介しに来たのですって。私の歓迎会なんて空気どこにもないんだから。ガインゼルときたらさっきから大きな顔してうるさいのよ。ぜひとも黙らせてほしいところだけど、それよりも連れてきた女も問題なのよ。いいから、一緒に来てちょうだい――」

それは今日の目的からは大きくかけ離れていると思わなくもない。

後ろからヴォルミたち三人もやってくるのを確認しながら、パーティー会場に足を踏み入れる。

色とりどりの花々に囲まれた瑞々《みずみず》しい庭の真ん中に丸テーブルがいくつか出ている。食べ物などを取れるようになっており、立食形式のようだ。参加者が思い思いの皿やグラスを片手に談笑している。

端ではヴァイオリンの音色を優雅に奏でている男がいて、華やかさを彩っていた。

だがその優美な音をかき消すほどに大きな笑い声が響いた。

中央のテーブル近くに立つ男は確かにこの間見たガインゼルだ。その男の横には水色のドレスを着た女性が寄り添っている。

その女性を見て、バイレッタはおやっと思った。

横にいるミュオンに視線を送れば彼女はしっかりと頷いてくる。

あの湖畔で男たちに絡まれていた女だったのだ。もちろんあの時は平民の女性の格好だったので、随分と華やかな様子にはなっているが顔を見間違えるはずもない。

貴族に気おくれしているようだったが、まさかガインゼルの恋人だったとは思わなかった。あの時の控えめな彼女の格好と今の装いがかけ離れているのは、ガインゼルの意向なのだろうか。日中に行うパーティーなので、夜会ほど露出は多くないけれど、一般的な貴族の装いからはやや外れているのは否めない。店で見た時はそこまで気にならなかったので、さらに手直しを要求したのだろう。それはなんともご苦労なことだとバイレッタは店に同情した。

もちろんアナルドの腕の中にいるエルメレッタのドレスの仕上がりに文句はないので腕前に問題はない。きちんと商品を納品できる腕があるのに、相手や場所を選んで適切なドレスを選べないわけがないので、ガインゼルの意向に沿ったのだとすぐにわかる。

「ガインゼルの同伴者を見た？　あんな顰蹙《ひんしゅく》ものの格好をさせて連れてきたからどんな女かと思えば、湖畔で男たちに絡まれていた女性でしょ。だというのに私と会ったことを知らないふりをしたのよ。初めましてなんて殊勝な態度で頭を下げたの」

「ガインゼル様に余計な心配をかけたくなかったということでしょうか」

「そんな感じには思えなかったけれど」

「男たちに絡まれたというのはどういうことです」

傍で聞いていたアナルドがバイレッタに尋ねてきて、バイレッタは慌ててヴォルミを見やった。彼はぶんぶんと首を横に振っている。必死な様子に湖畔での一連の流れをアナルドに報告していなかったのだとわかった。

「湖畔に遊びに行った日に昼食の準備が整ったのでミュオン様を呼びに行った時に、彼女が男たちに絡まれていたのです。ミュオン様がそれを助けて、彼女の従者が収めてくださったので誰も怪我などはしておりませんわ」

「そうですか。けれど、報告くらいは欲しかったですね」

「バイレッタ相手に、随分と過保護なのね」

「俺の妻は、少し目を離しただけでトラブルに巻き込まれてしまうので心配なんです」

「ああ、確かに。大人になっても変わらないのが凄いわね」

褒められている気がしないので、バイレッタはどういう表情をすればいいのか困惑するだけだ。

「とにかく一緒に来て。紹介するわ」

ミュオンはバイレッタの手を取ってガインゼルへと近づいた。

「ガインゼル、お望みの彼女を連れてきてあげたわよ」

ミュオンが会話の隙を見て、従兄に声をかけた。

彼は不機嫌そうに眉を寄せたが、ミュオンの言葉の意味を察すると満面の笑みを浮かべた。

「ああ、貴女か。あの時はきちんと挨拶ができなくてすまなかった。ガインゼル・ヘイマンズだ。こちらは私の恋人のシーアで、あの時のドレスは彼女のためのものだったんだ。ほらこの通りの仕上がりで、彼女にもよく似合ってるだろう」

「ご満足いただけてよろしかったですわ。本日はお招きいただきまして、ありがとうございます。申し遅れました、バイレッタ・スワンガンと申します」

「招待？　ミュオンの客じゃなく、親父《おやじ》が出したのか……ん、スワンガン？」

「初めまして、夫のアナルド・スワンガンです」

「うげ、アナルド・スワンガンだと？」

アナルドがバイレッタの腰に手を回して挨拶すれば、ガインゼルは心底苦々しげな顔になった。相変わらず口の悪い男である。

「旦那様は、面識がおありですか？」

アナルドに尋ねれば、彼は首を傾げてみせた。

「そちらの噂はかねがね聞き及んでいる、戦好きの『戦場の灰色狐』だろ？」

アナルドが答えるよりも先にガインゼルが告げた。敵愾心《てきがいしん》を顕わにした彼の声には侮蔑が籠もる。

アナルドが軍人であることは周知の事実であるが、いかんせんこの場で喧嘩を吹っかけてくるような挨拶はどうかとバイレッタは眉根を寄せた。伯爵家で開かれるガーデンパーティーだけあって、参加者は軍人寄りというよりは旧帝国貴族派であるように思われた。雰囲気や立ち姿が軍人のそれとは異なる。

だというのに、対立している派閥の軍人をホスト側の家の者がここで声高に叫ぶのはいかがなものだろうか。

あいにくとガインゼルの腕の中の女性はアナルドの美貌に見惚れているようで、パートナーの暴言は全く頭に入っていないような状況だった。周囲の貴婦人もアナルドの容姿に注目しているようでもある。艶のある灰色の髪に、宝石と見間違うようなエメラルドグリーンの瞳。精巧で精悍な美貌の中佐が、軍服でなく珍しく残暑厳しい夏空の下、爽やかな水色のジャケットを優雅に着こなしているのだから。

ちなみにバイレッタがサミュズに頼んで用意した、彼が経営するテーラーで仕立てている最高級品である。コーディネートはバイレッタなので、盛大に自慢したい。本来はオーダーメイドなのだが、時間がなくて今回は既製品になってしまったことは残念だ。けれど見本品として飾られていたものがアナルドのサイズにぴったりだったのだ。見本品は服の見栄えを重視しているのでよほどバランスの取れたトルソーくらいしか着られない仕様のはずなので、店員とともに絶句したのはいい思い出である。均整の取れた体軀《たいく》だと思っていたが、スーツを綺麗に着こなせる一番理想の体型とか言葉もない。

素材が確かだと服などなんでもいいのだが、それでも彼の魅力をますます引き立てる格好というのはあるのだ。以前もアナルドと帝国歌劇を観《み》に行く前に彼の服を選んだ。その時も楽しかったけれど、今日もとても満足である。出かける前に慌ただしく用意したものではなく、今回はしっかりと事前に準備もできたのだから。いくつか持ってきた中でガーデンパーティー用に重苦しくならない格好や色味を重視したが、アナルドなら何を着ても似合うので文句はない。

ガインゼルがヘイマンズ領でのデイドレスやスーツの購入を邪魔しようが、最初からなんの問題もなかったのだ。

だからこそ、目の前の男の愚かさには腹が立つ。

「なんだ、普通の格好かよ……いくつもの戦場で薄汚く地べたを這《は》い回《まわ》った軍人が、こんなところになんの用だ」

「招待を受けましたので」

自分で招待したくせに白々しいものだが、いきり立つガインゼルにアナルドは端的に答える。

その感情の籠もらない硬質な声音に、バイレッタはそっと彼から距離を取る。

てっきりいつものように無表情でやり過ごすかと思えば、アナルドもそれなりに相手にするつもりがあるようだ。

「しかもなんだ子供まで連れて——くそっ可愛いじゃねぇか……俺が結婚していないことを馬鹿にしているのかっ」

「いえ、そのような意図はありませんが。妻に似て可愛いのは間違いありませんね」

アナルドは無表情のまま、嚙みつくガインゼルに答えている。

「ふふふ、やっと面白くなってきたわね」

「ミュオン様、どういうことです」

横にいるミュオンをこっそり窺えば、彼女は楽しげに微笑む。

「この前はお店で会ったのに特に反応してなかったからおかしいと思ったけれど顔すら知らなかったなんて……ガインゼルってば、昔からアナルド様に劣等感を抱いているのよ。だからほら、エルメレッタを連れてきてよかったでしょう。あんなに嫌そうな顔なんだもの、本当に羨ましいのね」

ミュオンがエルメレッタを連れてこいと言った理由がようやくわかった。

彼女の従兄への嫌がらせか。

しかし気になるのはなぜそこまでアナルドに劣等感を抱くのかということだ。

アナルドとガインゼルには同じ伯爵家の嫡男という以外に共通点がないように思える。実際、アナルドは会ったこともないと言っていたのに。

「劣等感ですか？」

「同年代の旧帝国貴族の由緒ある血筋の嫡男でアナルド様を知らない人っていないでしょ。その美貌も軍人としての地位も素晴らしいもの。旧帝国貴族派なんて少しも固執していないのにこの突出ぶりが、馬鹿貴族たちにはよほど悔しいのでしょうね。で、その筆頭がガインゼルってわけ。自尊心だけは馬鹿みたいに高いんだから。でも、ガインゼルってば本当になんにもないの。遊ぶことしかしてないのだから当然だけれど、アナルド様嫌いが高じて軍人嫌いにまでなっているのだから相当よ」

「ヘイマンズ伯爵家の近年の軍人嫌いの噂はガインゼル様のせいだったのですか」

軍人嫌いと噂されている伯爵家のガーデンパーティーなど、どう考えても厳しい視線を向けられると身構えてきたけれど、そんなことは一切なかった。ミュオンと一緒にいるからかとも考えたが、単純に敵は一人だけだったのだ。どうりで批難や侮辱めいた視線がないわけだ。アナルドに見惚れる貴婦人がいても、白い目で見られるようなことはなかった。

「そうみたいよ。伯父様はなんとか払拭しようとしていたけれど、うまくいかなかったみたいね。反抗期がずっと大人まで続いてるような男だもの、全く聞く耳を持たなくて嫌になるわ。その上、結婚もしないでフラフラしてるんだから」

ミュオンは盛大に嘆いているが、ヘイマンズ伯爵が一番苦しい立場だろう。放蕩息子を看過するわけにもいかない。

「うちの上官に喧嘩売る馬鹿が帝国内にまだいるなんて思わなかったなあ」

「やだよー、僕愚か者には近寄りたくもないからね」

「昼日中から物騒な話をするな。もしもの時は体を張ってでも止めるんだぞ」

後ろに控えていた三人組ののんびりした会話にバイレッタは脱力する。いずれも小声ではあるが、耳のいいアナルドには聞こえているだろう。

「いやですよ、俺たちに任務外のこと押し付けないでください」

「小隊長、頑張って！」

ヴォルミが心底嫌そうに顔を顰め、ケイセティがことさら明るい声を出した。

怒鳴り出しそうなサイトールに、思わずバイレッタは声をかけた。

「アナルド様の対応は落ち着いていますが。なぜあれほど慣れているのでしょう」

「中佐がスワンガン伯爵家の嫡男であることは知られていますからね。軍の進軍中に国内にいればわりとちょっかいかけてくる者はいました。軍内部ではなく、帝国貴族派の高位貴族たちからですが」

サイトールが頭を押さえながら説明すれば、ヴォルミは遠い目をして続ける。

「軍のパーティーにも挨拶しに来たやつらもいたからなあ。敵陣だってわかってない馬鹿ばっかりでてんで相手にならなかったけど。中佐の返り討ちは見事だったね。知らない、存じ上げない、わからないの乱れ打ち。あの美貌で鉄壁の無表情、相手の神経をこれでもかと無神経に逆撫でて放置する鬼畜っぷり。怒り狂った相手の実力行使もあっさり手玉に取ってさあ、鮮やかすぎて感服したね」

そういえばエミリオも軍の祝勝会でアナルドに挨拶していたなと思い出した。旧帝国貴族派も軍人派と仲が悪いわりに交流があるのだろう。けれどあの時のアナルドはきちんとエミリオを認識していた。肩書を知っているほど彼は有名だったのだろうか。

「わあ、素敵。ぜひともガインゼルにも鉄槌《てっつい》を！」

「ミュオン様……」

はしゃいだ声を上げたミュオンに思わず胡乱《うろん》な視線を向ければ、彼女は満面の笑みを返してきた。

「あんないけ好かない従兄の高い鼻っ柱を粉砕していただけるのだもの。もちろん、全力で応援するわよ」

「でも、あれは鉄槌とか以前の問題じゃない。逃げ腰だけど。どうあそこから戦意を保つのかなあ。すでに失ってるよう」

「というか、全く動じていない父親と同じ顔したエルメレッタはあの位置でいいのか。助けるという選択肢が全く思い浮かばないが」

ケイセティが肩を竦めた横で、サイトールが突っ込む。

「いや、あれ何馬鹿なこと言ってるのって顔してますよ。少しも助けなんて求めてないですから。むしろ特等席で馬鹿の末路を眺められるとでも思ってるんじゃないですか」

ヴォルミが面白そうに告げてくるが、バイレッタは思わず呟いた。

「あの子まだ一歳にもなっていないのですが」

三人のエルメレッタへの解釈が酷くはないだろうか。娘の思考回路が全く子供らしくないと言っているように聞こえるが、邪推も甚だしい。

バイレッタは見守りながらも、軽く頭を押さえた。

「こんなところで主役が集まって、どうした」

そんな時にやってきた大柄な男は、しげしげと眺めつつ面白そうに口の端を上げた。

「伯父様、ガインゼルがまた悪さをしていますわ」

「余計なことを言うな、ミュオン。同じ名家の嫡男同士、挨拶していただけだろう」

ミュオンが批難めいた口調でヘイマンズ伯爵に告げ口すれば、すぐにガインゼルも反論した。

そんな二人を見やって、男はガインゼルの前にいたアナルドに目を向けた。

「ほう？　では、そちらが……」

「アナルド・スワンガン様と奥様のバイレッタですわ」

ミュオンが紹介してくれたので正式に挨拶を交わせば、榛色《はしばみいろ》の髪をかき上げてヘイマンズ伯爵は表面上愉快そうに笑う。義父と同年代だが第一線で領地を守り旧帝国貴族派の中堅を担う自負もあるのだろう。一見穏やかそうに見えるけれど、鳶色《とびいろ》の瞳は虎視《こし》眈々《たんたん》と獲物を狙う肉食獣のようだ。

由緒ある旧帝国貴族の領主というものは、義父を筆頭に一筋縄ではいかないのだなと実感する。

しかし今回の彼の狙いはわからない。

なぜナリスの街道整備についてワイナルドと揉めなければならなかったのか。

「ようこそ、スワンガン家の者たちよ。歓迎する。ミュオンの客人でもあるのだろうし、今日は楽しんでいってくれ」

こちらの様子を窺うような挨拶でも、アナルドへと視線が向けられて固定されている。

「そうか、君がアナルドか。コニアによく似ているものだな」

ふっと目を細めて懐かしむかのように、息を吐く。

意外と友好的な態度にアナルドも僅かに戸惑っている気配を感じる。しかも、アナルドの実母の名前を親しげに呼ぶのだ。

「母をご存じですか」

「幼馴染みだ。聞いていないか」

「父からはヘイマンズ伯爵が同級生であると聞きましたが、母を知っているとは聞いておりません」

「あの偏屈は、少しもコニアの話をしたがらない。不幸にした妻のことなど忘れ去って気にもかけていないかのようにな。後妻を受け入れただけでなく、息子の嫁まで愛人にしているのだから仕方ないことかもしれないが」

義父との愛人関係など昔から社交界では言われ慣れた文句であるし、バイレッタも積極的に否定はしてこなかった。だがワイナルドも渋面は見せるものの噂自体は歯牙にもかけていない様子だったので、今更な感じもする。すっかり社交界では別の二つ名が流行しているというのも大きい。

けれど、真横から発せられた不機嫌オーラにバイレッタの項《うなじ》がぴりりと痛む。

「バイレッタは俺の妻です。父は関係ありません」

「ああ、ワイナルドから聞いたのか。孫の瞳の色が息子譲りでよかったが、偶然かもしれないだろう」

さらりとヘイマンズ伯爵が告げた内容に、さすがにバイレッタの柳眉も跳ね上がる。なるほど義父との噂を信じてエルメレッタの瞳の色を邪推したのか。義父が決して口を割らなかったのは、さすがに不快だったのだろう。

アナルドは冷酷な笑みを浮かべた。

「あり得ませんね、妻は人を見る目があるんです」

さらりと義父の悪口を挟んでいるが、いいのだろうか。

バイレッタが気になった夫の返しに、特にヘイマンズ伯爵の反応はなかった。彼はそのまま穏やかに続ける。

「コニアの息子なら一途《いちず》なのも頷けるが、あまり周りが見えないのはお勧めしない。彼女もずっとあの愚かな男を愛していたが、末路は散々だ。だから、私にしておけと言ったのだがな」

なるほど、両者ともにワイナルドを下に見ているということか。義父が聞けば怒り心頭だろうなと想像して少しだけ気が逸れた。

ヘイマンズ伯爵はアナルドの母に恋慕していたということだろうか。ミュオンからも初恋がどうのという話を聞いていたから、バイレッタは自然とそう考えた。

けれど示唆するだけで、それ以上は語るつもりはないようだ。

ヘイマンズ伯爵はアナルドの腕の中にいたエルメレッタに視線を落として、彼女の瞳を覗き込んだ。

はっと息を呑んだのがわかる。なぜか泣きそうな顔をしたヘイマンズ伯爵は慌てて自身の息子に目を向けて、問いかけた。

「それで、ガインゼルは何をしていた」

「だから、挨拶だ。招待状を持ってのこのことやってきた薄汚い軍人に立場を教えていただけなんだから、放っておいてくれ」

「そうか。それは、なんとも愚かなことだな」

「あんたが、不甲斐ないからだろう。他領の嫡男ではあるが、軍人相手に下手に出てどうする。どうせなら派閥の結束を固めろ」

「だからこうして派閥の人間を呼んでいるじゃないか。だというのに、お前は近寄りもしない。恋人を妻にしたいと言っていたくせに、随分と態度が違うじゃないか。そもそもお前は貴族派の連中とだって相容《あいい》れないだろうに。せめて派閥の中でも認められなければ、話にもならんと言っているだろう。別に軍人を擁護するつもりはないが、お前が愚かなことに変わりはない」

これが親子喧嘩だろうか。

アナルドと義父の関係ともまた異なった親子に、バイレッタは成り行きを見守るしかない。同門の客人たちですらいつものことなのか、親子の会話を宥めるでもなく静観しているのだから。

やはり軍人嫌いはヘイマンズ伯爵ではなく、ガインゼルのほうなのだろう。つまりスワンガン伯爵家と揉めたのは、ワイナルドと因縁があるからか。バイレッタとしては、因縁がなんであれナリスとの街道整備の邪魔をやめてもらえばいいだけだが、さてどう話を切り出すかが問題だ。

「遊んでばかりでフラフラして。せめて少しは相手を選べ。町娘とどうなったところで、未来はないぞ。そんなに遊びたいなら帝都の娘にしろ。特に貴族の既婚者なんてうってつけだ。同家格でなくても構わん、慣れていて上手に遊んでくれるぞ。なんならバイレッタとやらと遊べばいい。アナルドにはミュオンをあてがってやる」

なんとも傲慢で高位貴族らしい物言いに、バイレッタは呆れる。ミュオンですら悪趣味と言わんばかりに閉口しているのだ。

「こちらには新婚旅行に来ているのです。俺の妻には構わないでいただきたい」

「新婚……？　婚姻したのは随分前だと聞いたが」

ここでぶち込んでいい情報ではないですよね、とバイレッタは叫ばなかった自分を褒めてやりたくなったが、首を傾げているヘイマンズ伯爵にはにこやかに微笑む。

「ヘイマンズ伯爵、私これまでも社交界では散々噂を流されてきましたが、強くて賢い男性が好みですのよ。遊びといえども好みはありますでしょう。ご子息は私の好みに叶いますかしら」

存外に貴方の息子では物足りないと告げれば、察したヘイマンズ伯爵は怒りではなく感心した態度を見せた。

挑発には乗らない態度に厄介なと唇を噛みたくなった。

旧帝国貴族派の高位貴族らしい傲慢な考えと女子供などと見下す態度。どうとでも相手を屈服させられる自負。こんな男が義父であるワイナルドと同級生とは。可愛い義父に思わず会いたくなったほどだ。そんな理由を告げて義父に会いに行けば、蛇蝎《だかつ》のごとく渋い顔をされそうだが。

義父のことを思い浮かべて少し溜飲《りゅういん》を下げれば、アナルドが目を細めてこちらを見つめていた。まさか頭の中を読まれたわけではないだろうが、バイレッタの背筋は自然と伸びた。

「それで、息子夫婦を寄こしてワイナルド自身はどこにいる?」

「父は領地ですよ。この時期に街道整備を進めておかないと北の地は冬には身動きが取れないので」

アナルドが抑揚なく答えたが、ヘイマンズ伯爵は盛大に鼻を鳴らした。

「あやつが領地に真面目に向かうわけがないだろう。大義名分にしても馬鹿馬鹿しい」

昔を知られている幼馴染みというのは厄介なものなのだなとバイレッタは顔を顰める。以前の義父ならそうかもしれないが、今回はちゃんとスワンガン領地に向かっているはずだ。

領地に向かったわよね？

ヘイマンズ領地に出発する時にはまだスワンガン伯爵家にいた。見送ってくれたのでそれはわかっている。あの後にゲイルとともにスワンガン領地に向かうと聞いていたのだ。確かめるすべがないことに愕然としながらも、バイレッタは首を傾げてみせた。

「ヘイマンズ伯爵様がナリスへの街道整備に文句をつけられたので、義父は慌てて領地に向かいましたのよ？」

「文句ではないぞ。ナリスと組んでスワンガン伯爵家が謀反の企てがあると私が陛下に進言しただけだ」

――お義父様っ！

揉めたと一言だけで済ましたくせに、わりと大きなことになっている。やはり謀反を疑われているではないか。だから他の領主たちへの根回しを重要視したのだ。けれど、一応は皇帝陛下の許可は得ているのである。むしろ盾突くほうが皇帝陛下の意見を無視することになるのだが、義父への怒りは増すばかりだ。

失敗した責任をこちらに押し付けられても、バイレッタにだってできないことはあるのだ。命令すればなんでもかんでも解決できると考えている義父に内心で罵詈雑言《ばりぞうごん》を浴びせる。

だからあれほど頑《かたく》なに隠していたのだろう。

バイレッタから文句が出るとわかっていたのだ。

けれど、今はいない義父に文句を言っている場合ではない。目の前の厄介事を片づけなければならないのだから。

「あら、ではこちらも進言させていただきますわ」

貴族らしい遠回しな言い方にバイレッタも戦闘態勢だ。

「義父からもご説明させていただいたかと思われますが、陛下より直裁はいただいておりますのよ。今更口を出したところで止まることが不可能とご存じでないのでしたら仕方ありませんけれど。他領の事業に口を出されるなど随分と熱心なことではありますが、聞くための耳をお持ちでないのでしたら、なんとも憐《あわ》れなことだと考えておりましたわ」

「あいつもかなり趣味が変わったものだな。こんなじゃじゃ馬を傍に置いているのか。まあ、いい。あの愚か者に自分で来いと言っておけ」

「そういう苦情はお義父様に直接お伝えくださって構いませんが。そうですね、根気と忍耐が必要ですから、ヘイマンズ伯爵様には難しいかもしれませんわ」

バイレッタは義父の使いでもないし、秘書でもない。なんなら、スワンガン伯爵家の嫡男はアナルドなので、彼に言うべきことだ。

けれど、義父の情婦と侮って見下される謂《いわ》れはないし、それに唯々諾々と従うことはしない。毒婦の噂を放置してそれを隠れ蓑にしていたこともあったので、義父の愛人と思われていても仕方はないが、だからといって自尊心はあるのだ。

「何？」

さすがにここまで告げればヘイマンズ伯爵も不快げに眉を上げた。お望み通り、貴族らしい言い回しでこけにしたのだ。普通ならば怒り狂ってガーデンパーティーの会場からも放り出されているだろう。その点において、彼の沸点は随分と高いのだなと褒めてあげてもいい。

「小娘ごときが、調子に乗るか」

「あら、そんな小娘に言付けを頼まれたのは伯爵様のほうですわ」

ほほほと乾いた笑いを上げれば、にゅっと伸びてきた腕に横抱きに抱え上げられた。

先ほどまでエルメレッタを抱えていたくせに、いつ彼の両手は自由になったのだ。

そのエルメレッタは死んだような顔をしたサイトールに抱えられていた。サイトールとは対照的になんだか興味津々で、両親に顔を向けている。

それをアナルドの肩越しに見ていると、頬にちゅっと音を立てて口づけされた。

「アナルド様！」

「怒っている貴女は本当に綺麗ですね」

吐息とともに耳を掠《かす》めた低く甘い声に、思わず身を震わせた。

一体どこで、スイッチが入ったんだ！

潤んだエメラルドの瞳が熱を持ってバイレッタを見つめている。

これ駄目なやつ……。

今までの経験上、こうなったアナルドには何を言ったところで止まらない。止められないのはわかっているが体に回った腕をひとまずはやんわりと押しのけてみる。

「場所を弁《わきま》えてください」

「妻が可愛くて愛しいので、とても難しいですね」

「簡単です、手を離せばいいだけですから」

「……とてもできそうにありません」

「本当に考えたのですか？」

苦悩するアナルドに、バイレッタは思わず胡乱な瞳を向けた。

けれど夫はどこまでも真剣である。

全くもって新婚旅行に来てからタガが外れたように、バイレッタに構ってくる。

いや、これが正しい新婚旅行なのかもしれない。ただそこにバイレッタの希望があまりないだけで。

「お前たちはいったい何をしているんだ？」

ヘイマンズ伯爵がワイナルドと同じ言葉を吐いた。

義父からも以前告げられたなと遠い目をしてバイレッタは無言を貫いた。

「新婚旅行中なもので、どうにも勝手がわからないのです。こんなに可愛い妻を、どう愛でればいいのでしょうか」

「はあ？」

ヘイマンズ伯爵は全く理解できないと言わんばかりにぽかんとしているが、バイレッタだってこのまま隠れてしまいたいほど恥ずかしい。暴走した夫を誰か止めてくれないものか。こんな時に義父がいれば、一喝してくれるというのに。初めて義父の偉大さに感謝したものだが、現実逃避には弱い。

それまで静観していたミュオンが一歩前に出て、ヘイマンズ伯爵に声をかけた。

「これほど仲の良い夫婦に、それぞれ愛人をだなんておっしゃるんですもの。それより当初のお話をされてはいかが？」

ミュオンがくすくすと笑えば、ヘイマンズ伯爵ははあっと息を吐いた。

「ガインゼル、お前もよく見ておけ。まあこの二人は少々特殊なようだが、貴族の妻であればこういったパーティーや夜会にだって参加する必要がある。そんな中で社交めいたやりとりが彼女にできるのか」

「俺たちの仲を認めてくれたのではなかったのか」

ガインゼルが批難めいた声を上げて、同伴している女性の腰を抱き寄せた。

「だから平民の女は愛人にしろと言っているだろう。彼女には伯爵家の正妻は荷が重いのではないか」

「そんなことはない。俺は彼女を愛しているんだ」

「愛だけではどうにもならん。実際に、お前の恋人は他の男に見惚れるばかりで一切話さないじゃないか」

「見惚れてるんじゃなく怯えてるんだ。相手は軍人なんだぞ。それに彼女が話さないのは誰もシーアに声をかけないからだ。ここには彼女の知り合いもいないし、仕方がないだろう」

慌てて言い募るガインゼルだが、実際に女に目を向ければ、彼女は困ったように親子のやりとりを聞いているだけで口を挟もうとしない。

おろおろとする様子は見ていて憐れだ。それは湖畔で見た憐れさを彷彿《ほうふつ》とさせた。

むしろガインゼルが無理強いをしているのではないかと疑いたくなるほどである。

ヘイマンズ伯爵もそれをわかっているのか、彼女に厳しい目を向けることはなく、ひたすら息子だけに話しかけているようだ。一方的に息子を誑《たぶら》かした女だと責めないところは分別があると見るべきか。

「知り合いは自分で作っていくものだ。バイレッタだとて好戦的だが、こうして私と話すくらいはするだろう。十分に社交はこなしているじゃないか」

売られた喧嘩を買っただけではあるがヘイマンズ伯爵との会話を社交と見なされたのは甚だ遺憾である。その上夫の腕の中にいるので、尚更だ。

「ガインゼルってば、今の恋人と結婚するなんて伯父様に言っちゃったものだから、親子喧嘩が勃発しちゃったのよ。本当に困ったものよね」

「私たちには全く関係のない話ですが」

「アナルド様が妻をこうやって溺愛しているから、ガインゼルも対抗心を燃やしちゃったんじゃないの。こちらに来て伯父様にも聞いたけれど、随分と可愛らしい噂が社交界でも広がっているらしいじゃない。『愛され妻』だなんて、本当に誰のことって思ったけれど、この姿を見れば納得せざるを得ないわね。他国まではまだ聞こえてこなかったから、ついアナルド様は奥様と不仲だと信じてしまったじゃないの。こちらの社交界では有名な話なんですってね。つまりバイレッタも十分に関係しているでしょう」

「それ、私たちのせいですか？」

バイレッタは呆れて告げた。

やはり社交界の噂を知っていて愛人の話を持ち出してきたのか。ミュオンに歓待を頼んだこととといい、ヘイマンズ伯爵も随分と腹黒い。遠回しに息子の恋人を批判しているのだろう。

「伯父様、ガインゼルとの親子喧嘩なら、今度のお祭りで解消すればよろしいのでは？」

「だから、あれは開催が難しいと説明しただろう」

「お祭りですか」

「この時期に領民たちが楽しみにしている祭りがあるんだ。喧嘩やいざこざはその祭りで解消できるように配慮したものなんだが、今年は外から傭兵崩れのようなならず者が町に滞在していてな。目当てがわからないので、開催は中止しようかと考えている」

ならず者と聞いて、女やミュオンに絡んでいた男たちのことを思い出した。

彼らのことだとしたら、確かに物騒な話ではある。

「目的がわからないのですか。その祭りに何か賞金が出るとかではなくて？」

「優勝者に付属の賞はいくつかあるがどれも一晩騒げばなくなるくらいの金額だ。たいした金にもならんのに、傭兵を務めていた輩が集まってくる理由にはならんだろう。単純に祭りの参加を楽しみにしているような輩とも思えん」

「どんなお祭りですか」

「水かけ祭りだ」

「水かけ祭りですか？」

バイレッタが聞けば水をかける者と水を防ぐ者の二人一組になって、町の中で色水をかけ合う祭りらしい。確かに、ならず者が参加して乱闘でも起こされれば危険かもしれない。

「ふん、どうせ軍人崩れだ。それともヘイマンズ領地に嫌がらせをするために送り込んできたのか。なんの企《たくら》みかは知らないが、こうしてばれているのだからお前たちが動いてさっさと引き取ってくれ。お仲間の対応など簡単だろう」

悪意が透けて見えるガインゼルがふんっと鼻を鳴らしてアナルドをねめつけた。そんな彼を静かに眺めて、バイレッタは言い聞かせるようにゆっくりと口を開く。

「彼らは違いますよ。帝国軍人にも確かに粗野な者や荒れている者もいますけれど、それなりに訓練を受けているのでどこか動きが似通っているのです。けれど、あの人たちには、アナルド様たちに共通するような動きが一切ありませんでした」

「はあ？　そんなことわかるものなのか」

「見ていればわかりますわよ」

バイレッタは不思議になって首を傾げたが、視界の端ではあっとミュオンがため息をついたのがわかったので、もしかしたら普段軍人に接していなければわからないのかもしれないと思い直す。

ヘイマンズ伯爵はなぜか苦虫を嚙み潰したような顔をしている。

「一見しただけでわかるものなのか……」

「俺は実際に見ていないので確信はありませんが、妻が言うのならそうなのでしょう」

「馬鹿馬鹿しい。そんなに嫁を信頼しているのか」

思わず口を挟んだガインゼルの顔は何かすっぱいものを食べたかのような顰め面だ。

「当然です。俺の妻は賢くて可愛いので」

アナルドの嫁自慢は、今は必要ないのでは！

得意げな顔をしている夫の顔面に拳を叩きつけたい気持ちになりながら、バイレッタはあっけにとられているガインゼルに謝罪したくなった。常識外れのよくわからない謎理論を他人に押し付けるのはよくないと思うのだ。

「そもそも他領にならず者をけしかけるだなんて杜撰《ずさん》な嫌がらせを旧帝国貴族派の中堅を担うヘイマンズ伯爵が見逃すはずはないでしょう。どこよりも牽制《けんせい》がうまいと聞いておりますわ」

「ぐっ、うちは……」

ガインゼルは唸るだけで黙ってしまう。

「ガインゼルは本当に無能だな。自領を貶《おとし》めてどうする。立法府議会など一言で地位が覆るんだぞ。失言などすぐに対応するのは当然だが、後で足を掬《すく》われることもある。その場で取り返しがつかなくても立場のある貴族女性を正妻にしておけば、助けてくれるぞ。女たちは後で茶会や夜会で名誉を回復してくれるからな」

バイレッタの指摘にヘイマンズ伯爵が苦々しげに告げた。

「じゃあこうしましょう。今回の祭りにアナルド様とバイレッタに参加してもらえばいいのよ。きっと問題なんてあっという間に解決してくださるわ」

「ミュオン様⁉　何を勝手に」

「貴女は黙っていてちょうだい。ねえ伯父様、アナルド様の武勇伝はご存じかと思われますが、バイレッタだってかなりの手練れなのよ。そこいらの男なら一瞬で撃退してしまう腕前なの」

「ほう、そうなのか」

しげしげとヘイマンズ伯爵に見つめられれば、バイレッタも黙るしかない。

バイレッタはガインゼルの横にいて一言も口を利かない女を一瞥《いちべつ》して、アナルドを見やった。

別に義理もないけれど、気づいてしまったからにはなんとなく見過ごせない。

シーアは一度も口を開かないどころか、ガインゼルに縋りさえしないのだ。まるで他人事のように成り行きを見守っている。

アナルドはバイレッタの視線を受けて、小さく頷いてくれた。普段は思考が読まれているのではないかと疑いたくなるほどに先手を打ってくる夫である。今回も言いたいことが伝わっていると信じて、バイレッタは考えながら口を開いた。

ミュオンの作戦に乗るのも甚だ不本意ではあるけれど。後できっちりと思惑を問いただそうと心に誓う。

「こうしてこの時期にやってきたのも縁ですし、その楽しそうなお祭りに夫と一緒に参加してもよろしいですか。その際に、ガインゼル様や町民たちも守れるように動きましょう」

「二人だけか？」

「後ろにいる俺の娘の子守も参加させましょう。まあ子供の見守りも満足にできない迂闊な者たちではありますが、数の足しにはなりますよ」

バイレッタの提案に突っ込むヘイマンズ伯爵の問いに、すかさずアナルドが続けた。

ひっと息を呑む気配が伝わったが、上官命令は絶対なのかサイトールたちからは文句の言葉は聞こえなかった。必死で呑み込んだのだろう。

エルメレッタの姿をしばしば見逃してしまうのも本当のことではあるのだ。

巻き込んで申し訳ないが、今回ばかりは付き合ってもらうほかない。

「じゃあ俺が優勝すれば、シーアと結婚してもいいだろう？」

それまで成り行きを見守っていたガインゼルが突然、ヘイマンズ伯爵に向かって言い放った。

「はあ、突然なんだ……」

「軍人が出るのに、俺が引っ込んでいられるか。どうせ出るなら、優勝してやる。だから、シーアとの結婚を認めてくれ」

「そんなことを言われても……」

渋るヘイマンズ伯爵に、ミュオンがやや強引に言葉を挟んだ。

「よろしいのではないかしら、伯父様。白黒つけるにはうってつけのお祭りですもの。ガインゼル、その代わり優勝できなきゃ、あんたはその女と別れるのよ?」

「なんでお前にそんなことを決められないといけないんだっ」

「何よ、優勝する自信があるから言っているのでしょう。まさか自信がないとでも言うつもりなの?」

「うっ、わかった。俺は絶対に優勝して結婚する!」

「はあ、仕方あるまい。ガインゼルが優勝できれば、お前の結婚相手にその娘を選んでも文句は言わない。ただし、アナルドたちの参加は絶対条件だ。お前たちが参加して何事もなく無事に水かけ祭りを終えられるというのなら、スワンガン領地の街道整備も賛同しようじゃないか。なんなら資金を提供してもいい」

ヘイマンズ伯爵は鷹揚《おうよう》に頷いて、にやりと笑う。彼の中でガインゼルの参加は予定外だったのだろうが、それ以外は予定調和のような気もする。受けるしかない状況に思わず苦笑する。

「優勝条件はなんですか」

水かけ祭りの優勝者とはたくさん水をかけた者ということだろうか。

不思議に思ってバイレッタが尋ねれば、ヘイマンズ伯爵は『色水に染まらなかった綺麗な服のまま一番長く戦闘に参加して、スタート地点の広場に戻ってきた者のこと』だと説明したのだった。

ちなみに余談ではあるが、バイレッタはガーデンパーティーが終わるまでアナルドに抱えられる破目になった。ミュオンも軍人三人も見ないふりをしてくれたのはありがたかったような気もするが、できれば止めてほしかった。心底恥ずかしかったのは言うまでもない。紳士淑女の視線ももちろんだが、我が娘の純粋無垢《むく》な視線が心に突き刺さった。

ガーデンパーティーからの帰りの馬車にミュオンも同乗した。別荘に戻るついでに送ってほしいとお願いされたからだ。四人で乗り込んだ馬車では、アナルドの腕の中でぐっすりと眠る娘の姿がある。

ちなみにサイトールからアナルドに抱きかかえられた途端にエルメレッタはすやすやと眠ってしまった。なぜかサイトールだけでなく、ケイセティやヴォルミからももの言いたげな視線を寄こされた。パーティーが終わった途端に用は済んだとばかりに眠ってしまった娘の思考を推測するのは難しいが、単純に疲れたのだろう。

それを横目で見つつ。ミュオンが祭りの詳細について教えてくれた。

「午後に大雨が二日降り続くと、必ず三日目も午後に大雨になるのよ。その三日目の朝に祭りを開催するっていう決まりなの。だいたい正午に終了で、その後大雨の中でお祝いっていう流れね。貴族たちは好まないから領民のためのお祭りなんだけど、伯父様に聞いたら毎年ガインゼルは参加しているらしいの」

「なぜですか？」

貴族が好まないのなら、あれほど自尊心の高そうなガインゼルが積極的に参加するとも思えない。

「領主の息子なのに、領民たちから出ろって無言の圧力をかけられていて出ないわけにはいかないってことらしいわよ。相当、町の女の子に手を出して領民たちの怒りをかっているからでしょうね。一人で参加はできないから、彼の盾役もそのたび異なるけれど、ガインゼルは強制参加のようなものよ。今年はお祭りをしないから出ないって話だったけれど、結局は出るのだからよかったわ。これで領民の感情を逆撫《さかな》でしないで済むもの」

「そうすると、ガインゼル様の優勝はとても難しいのではありませんか？」

参加している領民から狙われるとなると、勝率は低い気がした。

「だから伯父様も了承したのではないかしら。もともと彼女との結婚なんて許す気がないように思えたわ。と、いうかそもそもあの恋人もおかしいのよ」

「おかしい？」

「だってガインゼルがバイレッタに色目使っても怒りもしないで、アナルド様に見惚れてるのよ。どう考えても、ガインゼルに気があるように思えないわ。むしろ彼に脅されているのではないかしら。そうでないとあんな男と付き合おうだなんてあり得ないんだから」

「やはり彼女は脅されているのでしょうか」

バイレッタが気になったのは、ガインゼルの恋人の意思だ。

ガインゼルの結婚相手として連れてこられたにしては、平然としすぎているような、どこか他人事のような様子が気になったのだ。むしろヘイマンズ伯爵に別れさせてもらうことを望んでいるような雰囲気があった。

「その線が濃厚よね。湖畔で会った時には普通の一般市民だったわ。伯爵夫人に納まろうだなんて野心一つないような女よ。だからガインゼルが連れてきて本当に驚いたんだから」

「ガインゼル様は本気で彼女と結婚するつもりなんですか」

「そうなんじゃないの。結婚相手を連れてくるなんて初めてのことだって、伯父様もおっしゃっておられたし。まあ動機はアナルド様への対抗心だから不純かもしれないけれど、結婚はしたいんじゃない？」

なんとなく投げやりなミュオンの言葉に、バイレッタはアナルドを見やった。

「アナルド様、あのガインゼル様のお相手の方を調べることはできますか。もしくは町にいるというならず者たちの目的を探ることでもいいのですが」

「構いませんよ」

同時期に起こった出来事はつながっているかもしれない。別につながっていなくても、彼女を助けられるなら、それに越したことはないだろう。

仮にガインゼルに脅されているなら、その原因を取り除いてあげたいとは思う。バイレッタの義俠心《ぎきょうしん》がむくむくと湧き起こり結局伯爵の思惑に乗ることになってしまったが、巻き込んでしまうアナルドには申し訳ない気持ちになった。

気にはなったが鷹揚に頷くアナルドに、バイレッタはほっと胸を撫で下ろす。

「ガインゼルも初恋ってやつなのかしら。そういえば、アナルド様のお母様が、伯父様の初恋の相手だったのよね。どのような方だったの？」

ミュオンが猫のような瞳を興味深そうに輝かせてアナルドを見やる。

そうですね、とアナルドはやや考える素振りを見せた。

「俺にある母の記憶といえば、戦場にいる父の心配をしているような人でした。花が好きで穏やかで家族が傍にいることがすべての幸福だとでもいうような。だから、父を心配してずっと神経をすり減らして心を摩耗させてしまったような気がしています。病気になった時も受け入れて、抗《あらが》うということをしない人でした」

アナルドから語られる母親の姿は随分と物静かな繊細な方だったようだ。

スワンガン領地の領主館にいるバードゥたちからも話を聞いたことはあったが、儚げで優しいという印象しかない。

そんな女性がワイナルドの妻だとは、にわかには信じられなかったが。

「ガインゼルにしても伯父様にしても初恋だなんて厄介なものね」

ほうっと息を吐いたミュオンはどこか物憂げだ。まるで他人の姿を自分のことのように思い悩んでいるかのように。

「どうせなら押しかけていくというのはどうかしら。明日にでもあのシーアとかいう女を問い詰めればいろいろとわかるかもしれないわ」

「突然押しかけるのは迷惑かもしれませんが、様子を窺うくらいならいいかもしれませんね」

ミュオンの提案にバイレッタが頷けば、アナルドの低い声が聞こえた。

「彼女の詮索はこちらに任せていただきたい。貴女は動くべきではありません」

「どうしてですか」

あまりに強い口調で言われたので、バイレッタは思わずかちんときた。

軽い気持ちだったが頭ごなしに否定されれば、あまのじゃくな自分としては反論したくなる。

「俺は新婚旅行に来ているはずなのですが、妻と二人きりの時間があまり取れていません。妻からのお願いは嬉しいものですが、彼女のところへ行くことは許可できませんね」

「別にアナルド様の許可を求めているわけではありませんが。それに二人きりの時間が取れないですって……？」

二人きりの時間は夜にたくさん取っている。今日だってガーデンパーティーで人を羞恥のどん底に陥れたくせにこの男は何を言い出すのだ。

ずっと恥ずかしい思いをしていたのはバイレッタである。それを甘んじて受け入れていたというのに、まだ足りないというのか。

「そうですね、貴女の行動は尊重しますが、今回はとても難しい。俺はもっと構ってほしいので」

「これ以上ですか？　十分に時間を取っていると思いますが」

毎晩攻められて睡眠不足だ。できれば今すぐに旅行を切り上げて帝都に帰りたいと願っているというのに、これ以上何を望むというのか。

「まあ、あんなにずっといちゃいちゃしていてまだ不満があるの？　困った夫ね」

「え、待ってくださいミュオン様。そんなことは決してありませんからね⁉」

慌ててバイレッタは言い添えた。

ミュオンが遊びに来ている間は、極力アナルドとは距離を置いていたはずだ。

誰が夫婦の仲の良さなど自慢したいものか。見せつけたいと思ったことなども一度もない。だから人前で抱きかかえられるのは嫌だったのだ。

とんでもない誤解に戸惑っていれば、ふふんとミュオンはアナルドに向かって勝気に微笑んだ。

「見せつけるつもりはやっぱりなかったのね。もちろん私はわかっていたわよ。あれほど恥ずかしがっているのに強引に手を出していたのは彼のほうだもの。バイレッタばかりが耐える必要はないのよ。嫌なことは嫌だとはっきり伝えるべきだけれど、強引な夫なんて本当に困ったものよね」

「妻のことは俺のほうがよくわかっていますから、余計な気遣いは不要です」

「あら、それが勘違いだと教えてあげているのだけれど！」

なぜかミュオンが怒りを顕わに、アナルドを睨みつけている。

いつもは冷静なはずの夫もなぜかむきになっているようだ。

「じゃあ、こうしましょう。私も水かけ祭りに参加するわ。もちろん、私とバイレッタがペアよ。アナルド様は部下の誰かと一緒に参加すればいいわ。すべてのいざこざをすっきり解決するためには、祭りに参加するのが一番だもの」

「それはだめです」

すかさずアナルドが口を挟んだ。

「あら妻のささやかな願いを叶《かな》えられないの。そんな狭量な夫なんてこちらから願いさげだわ」

ミュオンの言葉に、アナルドが憮然《ぶぜん》と口を閉ざした。

いや、まるでバイレッタが発言したようになっているが、言ったのはミュオンである。

けれど、アナルドに言いたいことがあるのはバイレッタも同じだ。

「どうして、私がミュオン様と参加するのはだめなのですか。アナルド様はヘイマンズ伯爵に参加すると伝えた時には何もおっしゃらなかったでしょう。パートナーが変わるだけですよ」

「俺と一緒に出るのとでは話が違います。貴女は自覚がないから決して参加しないでください」

「私の自覚ですか。水かけ祭りに参加するようなじゃじゃ馬の妻ではスワンガン伯爵家に相応しくないとでもおっしゃりたいのかしら」

アナルドの言葉にかちんときてバイレッタは隣に座る夫をねめつけた。

今更、バイレッタがスワンガン伯爵家に相応しくないとでも言うつもりか。

結婚相手の条件に剣の腕が立つなんてつけたくせに！

「そんなことを俺に言うあたり、本当に浅慮ですね。浅はかすぎて、呆れ果てる」

バイレッタが詰るが、アナルドはどこまでも落ち着いている。

冷ややかに見つめられて、バイレッタの心の中で血管がぶち切れた。

これまで生意気だの跳ねっかえりだのと散々言われたけれど、優秀であることはずっと認められていたのだ。

だというのに、言うに事欠いて浅慮だと。しかも浅はかだと重ねて言うことか。

上等だ、浅はかと言ったことを後悔させてやる。

そもそもアナルドは初めて愛を告げてくれた夜に、バイレッタの行動を縛らないと宣言してくれた。自由にしていいと約束してくれたのに。

あの日の夜のことはバイレッタの中でも特別だった。特別で、とりわけ大切な日で、アナルドの妻でいてよかったと思えた日だったのに。

こんなに一方的に、反故《ほご》にされると胸に満ちるのは怒りに似た悲しみだ。

「あれもダメ、これもダメだと言われても納得できません。いいですか、アナルド様。どちらか先に水をかけたほうの言うことを聞いてください。ちなみに、私が貴方に水をかけたら金輪際、人前で私に触れないでくださいね」

「それはどういうことです？」

バイレッタが強い口調で宣言すれば、アナルドは不自然なほどに平板な声で問いかけてきた。それは怒りを孕《はら》んで底知れないほど冷たく聞こえた。

「俺から夫の特権を取り上げるつもりですか」

それまでは冷静だったくせに、途端に我を忘れるほどに怒っている夫に、気おくれするのを悟られないように精一杯の虚勢を張る。

愛される自信を与えてくれた夫ではあるけれど、約束事をあっさりと破るような男は願い下げだ。

「先に約束を破ったのはそちらですわよ」

水かけ祭りに参加して、アナルドに向かって盛大に色水をかけてやるのだ！

「ミュオン様、ぜひ一緒に参加いたしましょう」

成り行きを見守っていた彼女の手を取って力強く宣言するのだった。

◆　◆

「はあ？　夫人は別のペアで参加するのですか」

ガーデンパーティーから戻ってきて、ミュオンを隣に送り届けた後、バイレッタはすぐに与えられた客室へと向かった。疲れたので少し休みたいと話していたので、アナルドは着替えて部下たちを応接間に呼び出したのだ。

呼び出した三人に事情を説明すれば、まずはサイトールが頓狂な声を上げたが、他の二人もなんとも難しい顔をしていた。だがアナルドが悩んでいるのは全く別のことだった。

ヘイマンズ領の水かけ祭りは確かに聞いたことはあった。領民同士の日頃の鬱憤を晴らすために最適だとかで、小さな諍いはこれですべてが解決するらしい。いがみ合っていた者たちも大雨の後には綺麗さっぱり肩を組んで仲良くなるとか。

そのある意味喧嘩祭りに最愛の妻が参加するという。自分がパートナーならばと仕方なく参加を認めたが、なぜか彼女と敵対することになってしまった。

なぜだ？

何度考えても、愛妻と敵対してしまった経緯がわからない。

現在、ガインゼルの周囲が不穏で、だからこそその恋人にもバイレッタには近づいてほしくなかった。

止めるのは当然だろう。危険とわかっているところに、誰が愛する妻を近づけたいと思うのか。だが事情を話せば、絶対にバイレッタは動く。だからこそ、余計なことを言わずにその場を収めたはずだった。

だが、なぜか仲たがいしているのだ。

そもそもこの旅行自体妻へ謝罪するためだったはずで、敵対するつもりなど少しもなかった。これでは謝ることが二つに増えたということではないか。ミッションがさらに過酷になったということだろうか。

いや、それより何より妻の参加を許せないことがある。

なぜなら、この祭りは濡《ぬ》れるのだ。

バイレッタはただでさえ、艶《あで》やかな美人だ。だが濡れた妻というのは、夫の欲目から見ても妖艶さが増すのである。それを衆人環視に晒すというのだ。

以前に髪を濡らした彼女を見たことがある。なんとか乾いた布で髪の水気を拭きとったけれど、あれは至福の時間だった。暖炉の火に照らされたストロベリーブロンドは金糸に赤みが差した幻想的な色で夢の世界にいるように浮ついた気持ちになった。怒っていただというのに信じられないくらい優しく手になじむ。怒っていた彼女の瞳はアメジストに熱量を湛えていて、一瞬で落とされた。あんなに美しく淫らな存在が妻だなんて、無神論者であるけれど真剣に神に感謝した瞬間だ。

だが、あの姿を有象無象が見るという。

想像するだけで、腹の奥に横たわる黒い塊がふつふつと煮えたぎる音がする。最大級の不快感に耐えられるかと言えば、答えは否である。

なぜそんな苦行に身を投じなければならないのかも心底謎だ。ならば、出場をやめるか、アナルドと一緒に参加するかどちらかしか認められない。自分が彼女を濡らさずに守ればいいと考えていたのに、なぜかミュオンと一緒に出ると言う。

一連の流れをなぞっても、未《いま》だに不思議だ。

部下に心配されずとも、アナルド自身が一番よくわかっている。

わからないことはひとまず、考え方を変えるしかない。

自身の美しさに見当はずれの自覚しかない妻に、どれほど危険なことであるかをわからせるよりは実現可能な作戦を遂行すべきであると考えを改めた。

「何やら物騒な企みもあるのでしょう、本当に敵対して参加するのですか」

「バイレッタはそのつもりなので、仕方ありません。ああ、そのバイレッタから、ならず者たちの目的を調べられないかと頼まれました。後はあの恋人とやらも何か事情があってガインゼルの相手になっているのではないか、と」

「さすががバイレッタちゃんだなあ。余計なことに首を突っ込むところも変わらないようで。親子喧嘩なんて放っておけばいいのに口を出すから。おかげで今日のパーティーでも女の子に声をかけそびれたし……せっかく姫様が用意してくれるって言ってたのに……」

「ヴォルミ、まだ愚痴ってるの？ あのパーティー、貴族派のお嬢様しか参加してなかったじゃない。絶対、声かけても振られてたって」

「お前たち、いい加減にしろ。今はとにかく夫人の希望にどう応えるかだろうが」

サイトールがヴォルミとケイセティを叱責すれば、二人は不承不承返事をする。

「俺の妻は敏《さと》い上に、お人よしなので。誰にも頼まれていないというのに、厄介事は放っておけないようですね。特に不幸な女性を見ると助けたくなってしまうようです」

継母のシンシアが父に暴力を振るわれていたのを見かねて、剣を振るって成敗するくらいには義侠心に溢れている。勇ましさは彼女にとって魅力であって、崇高さを損なうことにはならない。ましてや失望するなんてあり得ないのに、残念ながら愛しい妻には伝わらないようだ。

「中佐、新婚旅行だって言ってませんでした？ なんかどんどん不穏になるのはなんでなの？」

ケイセティが青い顔で呻いている。

その横でサイトールが相槌を打った。

「そうですよ、あんなに楽しみにしていたじゃないですか。あちこちで新婚旅行について聞いて回っていたでしょう」

確かに既婚者から新婚旅行がなんたるかを聞いて回った。なかなか有意義な意見が出揃ったので、要所要所で取り入れてはいる。

「それは実践中ですが、仕方ありません。バイレッタはそういう性分なのです。ですから、いいですか、今回の水かけ祭りに参加してください。そして、バイレッタを決して濡らさないように。これは厳命です」

「え？」

「はあ？」

「なんで？」

サイトール、ヴォルミ、ケイセティからの疑問符に、アナルドは目つきを鋭くする。

部下たちがなぜそんな不思議そうな顔をするのか、アナルドは全く理解できなかった。

「いや、中佐、ちょっと意味がわからないんですが。水かけ祭りですよね、色水をかけ合う祭りだって聞きましたよ。よく考えなくても、矛盾してます。濡れないようにするなんて物理的に無理じゃないですか」

「そうですよ。どんなに頑張っても、完璧に濡らさないのは無理ですって！　それこそ、優勝するしかないのでは？」

ヴォルミとケイセティがアナルドに嚙みついてくるが、サイトールは眉間に皺を寄せたまま黙っている。

「なんで、小隊長は黙っているんだ？」

「そうですよ、小隊長！　これ絶対に無理な命令ですって。しっかり反論してくださいよ」

「お前たち、これはアレだ。踏み込んでも後悔しかしないやつだ……」

左右の二人に詰め寄られて、サイトールは呻くように答えた。

「貴方たちが何を言っているのかはわかりませんが。バイレッタの濡れた姿は夫である俺が独り占めできる権利を有するのです。それが夫たる特権でしょう？　それが脅かされるというのならば、これはつまり夫婦の危機ということではないでしょうか」

「「はい？」」

「ほら、見ろ。やっぱり碌でもない理由だったじゃないか！　だから聞いたら後悔するって言っただろうがっ」

固まった部下二人に、サイトールの悲鳴じみた雄たけびが部屋にこだました。

だが、そこにノックの音が重なった。

ぴたりと静まった部屋で、三人を代表してサイトールが緊迫した表情でアナルドに尋ねた。

「来客予定が？」

「あら、お邪魔したかしら？」

軽い調子で入ってきたのはミュオンだ。

先ほど別れたばかりだというのに、パーティー用のデイドレスから普段使いのものに着替えた彼女が一人でアナルドの元にやってきたのだ。これがいつものアナルド狙いの女なら勝手にしてくれと放置するが、相手は依頼主だ。嫌々ながらも対応しなければならない。

妻との口論は別にいつもの夫婦のじゃれ合いのようなものだから許容できるが、バイレッタと組むという希望を邪魔された恨みは甚大である。

不機嫌さを滲ませつつ黙り込めば、ミュオンがなぜここにいると不思議そうな顔をした部下たちを見回して彼女は首を傾げた。

「こんばんは、皆様。その顔は私がやってくることは、何も聞いていないということかしら」

ミュオンが正面にいるアナルドに説明を求めるように視線を向けてくる。

「どういうことですか」

「今回の特務に関わることですよ。軍人がヘイマンズ伯爵家とつながっていると思われるのは困るとのことでしたので、あちらが用意してきたんです。つまり彼女が今回の特務の依頼主の連絡役です」

訝しげに尋ねてくるサイトールにアナルドは答えて、机を挟んで立つミュオンを見やった。

「わざわざお時間を割いていただき光栄ですわ、アナルド・スワンガン中佐」

いつもの高慢さは鳴りを潜め、しおらしく微笑むミュオンは、そのまま続ける。

「では、報告を聞かせていただいてもよろしいかしら」

艶やかに問いかけたミュオンは、確かに一国の王女らしい風格があった。

アナルドはこちらに来る前に上官に命じられたことを思い出す。

駐屯地の食堂にアナルドを探しにやってきたモヴリスは新婚旅行のよさを語っていたくせに、命令書を渡すと執務室に呼び出した時には全く雰囲気が変わっていた。

『ヘイマンズ領はわかるよね。南方だけでなく西や東に向かうためにも必要な街道の要だ。一応貴族派ではあるけれど、主な収益が街道の通行税だろう。だからこそ大規模侵攻を行うために動く軍は上得意だからさ。昔から良好な関係を築いていたわけなんだけど、近年は軍人嫌いと噂されていてね。あそこの嫡男が軍人嫌いでヘイマンズ伯爵も随分と手を焼いているらしいんだよね』

『あの、新婚旅行となんの関係があるのですか。俺はこの旅行で妻に謝罪しなければならないという重要任務があるのですが』

『はいはい、わかってるよ。とりあえず、話は最後まで聞きなって。どうやらギーレル侯爵がそこに目をつけたらしくてね。嫡男殺害を目論《もくろ》んでいるらしい。それも軍人派の仕業に見せかけて、伯爵が完全に軍人派と手を切るようにね。悲しいことにヘイマンズ伯爵家は嫡男が唯一の後継者で、彼以外は遠縁まで探さなければ男児がいないんだ。だから直系を始末して跡継ぎはギーレル侯爵の息のかかった者を据えるってとこまで決まってるんだよ』

アナルドがやはりつながりが見えないと訝しげな視線を送ってもモヴリスの話は終わらない。

『あちらの領地に軍人崩れのようなならず者がやってきているとヘイマンズ伯爵から苦情を貰ってわかったことなんだけどね。調べてみたらギーレル侯爵の子飼いもうろついているってわかったんだ。で、その子飼いがヘイマンズ領に滞在して嫡男の命を虎視眈々と狙っているってわけさ、つまり暗殺者だね。ほんとあのじじいは余計なことばかりに知恵が回るんだから困ったもんだ』

ヘイマンズ領は確かに軍が進軍する時の重要な交通の要所である。ここが軍人寄りだからこそ安全に行き来できていたのは大きい。ギーレル侯爵に取られるのは痛手だということは理解できた。

理解はできたが、納得はできない。

『そんなわけでヘイマンズ伯爵に恩を売る絶好の機会だからさ、ちょっと君行ってならず者たち蹴散らして暗殺者も退治してきてくれないかな。もちろん新婚旅行の合間でいいからさ。可愛い妻に謝罪するついでに、ね。君のことだから簡単に解決でしょう？』

モヴリスは茶目っ気たっぷりに片目をつぶって寄こしたが、アナルドは全く絆されなかった。一ミリも感情は動かない。

先ほどモヴリスはわかったと言ったが、何一つわかっていない。

なぜなら新婚旅行で妻に謝罪して許してもらうことが重要事項で最優先事項であるからだ。それがどれほど困難な話であると思っているのか。毎回、なんだかんだで絆されてくれた妻がなんとか怒りを流してくれているから今のアナルドと夫婦でいてくれるのだ。

今度こそ、誠意ある謝罪をするのがアナルドの目標である。

だからこそアナルドは固く決意して、部下たちの派遣を強く要請したのだった。

これまでの経緯を振り返って、アナルドは再度真正面に立つミュオンを見つめる。

彼女は今、ヘイマンズ伯爵家の当主代理として返事を聞きに来たのだ。

「では、これまでの報告をお願いします、サイトール中尉」

アナルドは任務を丸投げした部下に傲然と命じた。

「はあ、私の調べたところによりますと、ヘイマンズ領にうろついているならず者たちはスリや盗みなど軽犯罪者の集まりでした。これは以前にもヘイマンズ伯爵に報告させていただいております。安い金で雇われている男たちで、たいした実力はないようです。首謀者は昔店をやっていた男でした。それが潰れてこちらに流れてきたようですね。それと、ガインゼル・ヘイマンズに対する暗殺計画はやはり別ものであることは間違いないですね。現時点でわかっていることは、ならず者たちに紛れるという形で行われるため、水かけ祭りに決行されるとのことです」

「ち、ちょっと待ってください。伯父様からも先ほど従兄の暗殺計画は教えられましたが、いつとは聞いていないのです。水かけ祭りで仕掛けてくるのですか？」

「調査したところ、そのようでした」

サイトールは淡々と告げるが、ミュオンの顔色は悪い。バイレッタを巻き込んだとようやく理解できたらしい。アナルドが怒っているのは、そもそもバイレッタが濡れる可能性があることなのだが、妻が巻き込まれるかもしれないことは確かだ。

「では暗殺者の特定はできたのですか。なぜ水かけ祭りまで待つ必要があるのです。もちろん伯父様からも聞いてくるようにと言われておりますの」

ミュオンが眉をひそめて、サイトールに問いかけた。

「正直、暗殺者の特定がまだできておりません。事前情報ではギーレル侯爵の子飼いということでしたが、それ以上の情報がないのです。どうやらならず者たちに紛れ込んでいるようなのですが。こればかりは水かけ祭りに参加して、実際に襲われてみないことには正体が掴めません」

「そんな……」

絶句したミュオンに、サイトールは自信たっぷりに頷いた。

「ですが、心配はいりません。あの男たちを見ましたが、それほどの手練れはいないようです。我々の戦力で十分にガインゼル・ヘイマンズを守ることはできますので」

「小隊長、あんなに時間使ってそれっぽっちしかわかんなかったんですか……？」

「そうですよ、僕たちがどれほど子守に苦労したと思ってるんですか」

サイトールの報告を聞いて、なぜか文句を言い出したのはヴォルミとケイセティである。

「はあ？　一人でしか調査できないんだぞ、その上標的の護衛までしてるんだ。あちらも通常の護衛がいるとはいえ、限界があるだろうが。私の体は一つしかないのに、相手は何人いると思ってるんだ」

「調査、護衛と隙見て逃げ出すエルメレッタ捕まえるのとどっちが大変かわかってんですか。どう考えても彼女を捕まえるほうが大変だ！」

「ヴォルミの言う通りですよ。一瞬なんですからね、ほんとちょっと目にゴミが入った瞬間、よそ見しただけで姿くらましてるんですからね！」

「それはお前たちの職務怠慢だろう？」

「何言ってんですか、小隊長だって夢に魘《うな》されて胃を押さえてたくせに」

「そうですよ、僕に親と一緒の嫌な目してるって愚痴ってたじゃないですかっ」

「この馬鹿ども、上官の前で暴露するやつがあるか！」

三者三様の言い争いを横目にミュオンがなんとも白けた瞳をアナルドに向けてきたが、彼の答えは一つである。

「今回の特務はすべて部下に任せていますので」

なぜなら、自分は新婚旅行の真っ最中なのだから！

間章　憧れの友人と初恋

「初めまして、バイレッタ・ホラントと申します」

柔らかいのに硬質に響く声に、ぼんやりと見惚れていたミュオンははっとした。

テンサンリの神話に出てくる虹の女神様みたいな美少女だった。

長いストロベリーブロンドに、どれほどの光を集めて凝縮させたのかと疑うような
アメジストに輝く瞳。きらきら眩しい彼女は、とても自分と同じ年とは思えなかった。

大人びた面差しに、背筋をぴんと伸ばした姿勢のよい姿には気品さえ感じられる。王女は自分だというのに、何もかも完璧に負けたと感じた。いや、負けと感じることすらおこがましいほどに綺麗な少女だった。

小国から留学のためにやってきたミュオンは帝国のレベルの高さにただただ圧倒された。

帝都に来た途端に大きくて華やかな都に目を奪われたが、これほどの衝撃を受けたことはない。

学友をつけられたのは納得したけれど、相手がこのレベルとは本当に意外すぎた。

それもそのはずで、ガイハンダー帝国に留学生としてやってきてから、ミュオンは自身の立場というものをいやというほど実感していたのだ。

ガイハンダー帝国が大国であるのは間違いがない。周辺国を吸収して長らく、その広大な土地を維持し続けている。大陸を統べた皇帝からすでに五代にわたって統治されているのだから、その影響力は恐れいるばかりだ。

だとしても小国の姫の扱いが帝国貴族の高位貴族ほどの価値もないとは思わなかった。むしろ伯父であるヘイマンズ伯爵家の血縁者というほうが力を持っているという現実を突きつけられた。

これでは侵略に怯える祖国への助力を乞うことなど難しい。むしろ帝国の技術を盗むことに力を注ぐべきだと頭を切り替えた途端に、学友としてつけられた少女の神々しさに後ずさりしてしまった。

背筋を伸ばして綺麗に立つ。信じられないくらいに美しい。凛《りん》として気高い。姿を現すだけでその場の視線を集めてしまうほどに目を惹く。だというのに、彼女は自己評価がとても低かった。

彼女の容姿は彼女の母にそっくりなのだという。つまり美しいのは母で、自分ではないのだと。なぜそこで自分の評価につながらないのか理解できないが、切り離した考え方は頑固なほどだ。

だから自分の顔を見て男たちが寄ってくるけれど、自分を見ているわけではないのだと思い込んでいた。他人からの好意はなぜか母に似た容姿に向けられていると考えていて、少しも色恋に結びつかない。鈍いというよりは想像もしないのだろうと察するのに時間はかからなかった。

それは彼女の学院生活も影響を受けているだろうが、彼女の叔父の影響でもあるのだろう。

彼女の持ち物はどれもこれも洗練されたものだった。

帝国でも高位貴族がこぞって欲しがるような物珍しいもので、とても彼女に似合っていた。だがそれは商人である叔父からの命令なのだという。バイレッタは彼の広告塔で、商品を身に着けることで帝国貴族たちに売り込みをかけているらしいのだ。

たとえば、遠巻きにため息をついて物欲しげに見ている連中にも十分な効果を発揮しているが、分不相応な物を身に着けていると嫌味を言ってきた相手にもバイレッタの対応は見事だった。相手のほうがもっと似合うと褒めそやして、叔父の店をさりげなく紹介していた。学院に通うくらいには頭のいい相手であるが、褒められて悪い気はしない。しかも極上の美少女から勧められるのだ。なるほど、これは最高の広告塔だと納得した。売れ行き次第では、いつか店を持たせてくれると叔父と約束しているのだと、彼女は朗らかに笑った。その快活さに舌を巻いたが、だからこそ叔父が彼女に与える影響力の大きさを実感したのだ。

彼女の叔父は姉であるバイレッタの母を崇拝しているらしい。だから、同じ容姿を持つ彼女を可愛がってくれていると説明された。姪ならば可愛がられるのは当然だと思うけれど、彼女の兄は全く見向きもされないらしい。徹底しているな、とミュオンは呆れたが、だからこそバイレッタが自分の容姿を母から譲り受けた〝持ち物〟と思い込む結果になったと思われた。

その上、学院生活で高位貴族たちに囲まれて悪化したのだろう。

彼ら彼女らはどこまでも高慢だ。下位貴族が媚《こ》びて当然であるという考えを改めることはないし、ましてや軍人派の子爵家の娘など取るに足らない存在だと侮っている。特にエミリオ・グラアッチェに目をつけられたことが問題だった。旧帝国貴族派の中でも筆頭の家柄だ。その嫡男がバイレッタに熱を上げたのは一目瞭然だったが、直接的な言葉を何一つ口にしない少年の真意など彼女に伝わるはずもない。相性は最悪だなとミュオンは空回りするエミリオを眺めては、馬鹿にしたものだった。

一直線に馬場の外へと向かっていく馬に、並走する馬をミュオンは信じられない思いで眺めた。

周囲には息を呑む音と小さな悲鳴が上がるので、自分が見ているものは夢でないのだと知る。けれど、やはり説明をしてほしかった。

授業の一環で男子生徒たちが馬術訓練をしている。にぎやかしなのか、やる気を出させるためか、女子生徒たちは授業をせずに見学を許されている。人気のある男子学生には控えめな声援が送られるなど、それなりに効果はあるようだ。

そんなありきたりな授業で男子生徒の一人が馬を暴れさせた。傍についていた教員が手綱を握ろうとするが、振り切って駆け出してしまう。

茫然とそれを眺めていたら、なぜか隣にいるはずの学友のうちの一人の姿が、馬を颯爽と乗りこなして追いかけている。

どういうこと？

頭は軽く混乱していて、何が何やら状況がつかめない。

貴女、隣にいたじゃない。

馬なんて乗れるの、淑女のくせに。

なんで誰よりも早く追いついているの。

追いついてどうするの！

状況は瞬きの間に目まぐるしく変わっていって、彼女がひらりとスカートの裾を広げて男子生徒がしがみついている馬に飛び乗った時には、悲鳴を上げてしまった。

一国の王女が動揺するなんて無様だから、周囲も同じように悲鳴をあげてかき消されたと思いたい。

飛び移るとか、馬鹿なの⁉

ストロベリーブロンドの長い髪が疾走している馬の動きに合わせて流れるように揺れる。無事に飛び移った少女はきっちりと男子生徒と馬の手綱を握って、暴れていた馬を宥めている。そのまま馬場を越えてしまった馬を華麗に柵を飛び越えさせて教師の前まで戻ってきていた。

何それ、物語の主人公にでもなったつもりなの。

友人が一体どこを目指しているのか、ミュオンは真剣に悩む。

ただでさえ、お姉様などと下級生からもてはやされファンクラブめいたものを作られている彼女である。同級生どころか上級生にすら会員がいるというのだから相当なものだ。上級生から理想のお姉様と呼ばれるとはどういうことだと、噂を聞いた時は思ったものだが、これでますます会員が増えるに違いない。

刺激が強すぎたのか、あちこちで失神している生徒もいる。泣きながら見守っている生徒もいるほどだ。ある意味混沌《こんとん》としている。

ミュオン自身、倒れられたらどんなによかっただろうと臍《ほぞ》を噛む思いだ。

彼女は何やら助けた男子生徒に盛大に怒鳴られているし、教師も厳しい顔をしている。大方、勝手に馬を借りたことや、危険な行為に及んだことを叱られているのだろう。

教師は地位のある男子生徒を贔屓しがちで、女子生徒への対応はおざなりなものだった。教師としてどうなんだと思わなくもないが、たとえ頭がよくても女子生徒が働きに出る可能性はかなり低い。相手の地位が上がるわけでなく、出世も見込めないので贔屓する理由がない。じゃあなぜ入学を許可するのかと思えば、良妻賢母の実例を作っているだけだ。ここを出た女子生徒はかなりの優良物件と見なされる。頭がいいから自分の立場を理解している者が多く、基本的には家のために、嫁いだ後は嫁ぎ先に尽くすことを求められているとわかっている。だからこそ入学の基準は厳しいが、在学中の成績などほとんどあってないようなものであるし、男子生徒たちと違って必死さがない。

優雅に過ごしている中で、バイレッタはとにかく異質だ。

だからこそ余計なことをして、悪目立ちすることは避けるべきであるのに、持ち前の正義感で彼女は瞬時に行動してしまう。

けれど、双方から責められている友人を見るのは、とても辛い。

ミュオンはひっそり近づいて、教師に男子生徒が怪我をしているかもしれないので、救護室に付き添ったほうがいいと提案した。

怒り心頭の男子生徒は教師に付き添われて救護室へと向かう。彼の顔は本当に赤かったが、あれが怒りだけでないことはすぐにわかった。美少女に背中から抱き着かれて助けてもらったのだ。怒りもあるだろうし、恥ずかしさもあるだろう。けれど表情はなんとも複雑な感情を乗せていて、ああまた信者を増やしたのかとミュオンは呆れて、彼の小さな背中を見送った。確か、伯爵家の次男だったが頭がいいので将来は中枢の文官になるだろうと思われている生徒だ。

教師が授業の終了を告げたので、訓練用の馬は厩舎《きゅうしゃ》に戻され、ミュオンはバイレッタの手を引いて馬場から離れた。

木々の間の小道をずかずか彼女の手を引いて歩けば、後ろの戸惑った雰囲気が察せられた。

それでも自分のなすがままにさせてくれる彼女は優しいのだと思う。

人気のないところまでやってくると立ち止まって、くるりと振り向く。案の定、バイレッタは困ったようにミュオンを見つめている。

「何を考えているの。なぜ、怒らないの！　あれはバイレッタに感謝すべきでしょう」

「感謝されるためにやったわけではないので」

「だからって、あんまりだわ。帝国はどうなっているの。そんなに旧帝国貴族が偉いの。軍人だって祖国を守っているじゃない。貴女だって軍人上がりの子爵だとしても、同じ貴族でしょうが。少しくらい感謝されてもいいでしょうに！」

感情が高ぶって泣きながら叫ぶと、すかさずハンカチを差し出された。

「貴女にも怒っているのだけれど！　それと、ありがとうっ」

怒りながら引ったくるように差し出されたハンカチを受け取ると、バイレッタは綺麗な瞳を細めて、苦笑した。

「すみません」

「貴女から謝ってもらいたいわけでもないのよ――っ」

ハンカチを思わず握りしめて怒鳴りつければ、彼女はやや思案げな顔をして、穏やかに告げる。

「ミュオン様が怒ってくださったので、気が済みました」

「そんなことばかり言って、だから相手もつけ上がるのよ」

「旧帝国貴族派に表立って逆らう気力はありません」

「面倒くさいからって放置していると後悔するわよ」

虚勢を張って無理をしているのなら、かける言葉も違っただろう。けれど、バイレッタの場合は、相手に合わせて意図して態度を変える。特に弱腰に見せて、相手に有利だと思わせた途端に、強気な態度で反撃するのが得意だ。相手を怒らせてぴしゃりと撥《は》ねつけるのもうまい。

一方で外見はどこまでも勝気で強気だからこそ、馬鹿な男たちが屈服させたいと考えていることも知っている。

全く罪深い少女である。

その上、相変わらず自己肯定感が低いから男たちが自分に絡んでくる理由が的外れだ。ちぐはぐなバイレッタに、ミュオンは呆れるしかなかった。

そもそも、自分にはすでに時間がないのだ。

「私、祖国に戻らなければいけなくなったの。テンサンリの隣国ジュマが何やらやらかしたらしくて、鎖国することになったのよ。この前、すぐに戻れって連絡がきたの」

「鎖国ですか」

「窮屈な思いはするかもしれないけれど、テンサンリに来ない？　ここよりずっと贅沢な暮らしをさせてあげるわよ」

「一緒には行きません。私はここで、やりたいことがありますので」

「やりたいこと？」

「叔父みたいな商人になりたいのです。せっかく商売の面白さを教えてもらったので、帝国でどれほど通用するのかやってみたいのですわ」

断られるとわかっていた。

助けなんて思いもしていないのだろう。きっと必要ともしていない。

「だったら、少しは幸せそうに笑ってみなさいよっ」

「ミュオン様？」

自分の怒りは筋違いで、彼女にぶつけていいものではないと理解していた。

けれど、これで最後ならば言わずにはいられなかった自分の幼さを理由に、甘えていたのだと思う。ずっと傍にいたいと望んでいたのに、それが突然終わりを告げられてミュオンなりに苛立《いらだ》っていた。こちらに来て自国のために何も成果を上げられていない上に、彼女の支えにすらなれていない。どこまでも自分は愚かで役立たずだと突き付けられた気がした。

何より、彼女にとって窮屈としか言えない学院生活を少しでも楽しいものに変えられればいいと願っていたから。

「無理ばっかりして、我慢ばっかりして、そんなことでどうやったら貴女は幸せに笑えるようになるのっ」

上ばかり目指して、誤解を解くことなく受け流して。

その先に、一体何が待っているのだ。

今、バイレッタがどんな顔をして笑っているのか知っているのか。

何をすれば、どうすれば楽になるのか、自分には想像もつかないから。けれど、幸せに笑えるようにただひたすらに願う。

優雅で勇ましい彼女が、いつか誰かに頼れるようになればいい。

いつでも背筋を伸ばして、世の中と孤独に戦っている彼女に、安らげる場所があればいい。少しでも彼女が彼女自身を好きになれるような、そんな相手が現れればいい。

「無理も我慢もしていませんし、私は幸せですよ。とても恵まれていることを知っていますから」

「だから貴女はバカレッタなのよ」

鈍くて愚かで、なのに賢くて強い。

バイレッタを助けるのは自分じゃないのだ。役不足で、頼りがいもないほどに幼くて。

悔しいからそれ以上は教えないけれど。

ガイハンダー帝国を離れる日に、馬車から眺めた帝都は、とても美しくて。後ろに聳えるミッテルホルンの山々も荘厳で。

誰かの幸せな笑顔を望んだことなんて今まで一度もなかった。

こんなに胸が切なく苦しくなることだって、知らなかった。

涙を流しながら、ああ、これが初恋だったのだなとミュオンは痛む胸を押さえながら思ったのだ。


伯父であるヘイマンズ伯爵が用意した別荘の部屋で、窓から外を眺めていたミュオンは雨が上がった灰色の雲を見つめながら、同じ髪色を持つ男を思い浮かべた。先ほどまで会っていた男ではあるが、記憶の中でも威圧感のある男であった。

「すっかり手懐《てなず》けられちゃったのかしら」

噂通りの美貌の持ち主で、表情が全く動かなければ冷酷にも冷血にも見える。数々の噂に納得したけれど、最初の印象が強すぎて、今でも彼がどんな人物なのか掴めない。

大好きな友人が初恋に選んだ相手は、なんとも恋愛初心者には向かない相手であるというのに。

──いや、手懐けられたのはどちらだろう？

ガーデンパーティーでのアナルドの姿を思い浮かべながら、ミュオンは引っかかりを覚える。

「茶を淹れました」

ゼリアがミュオンに声をかけたので窓から視線を外してお茶が用意されたテーブルに着く。それを見計らって、ゼリアが問うてきた。

「それで、首尾は上々ですか」

バイレッタのところに遊びに行っていた時に、子供がいなくなったとサロンを飛び出した妻の後を追おうとしたアナルドに声をかけた。

『アナルド・スワンガン中佐、ヘイマンズ伯爵家当主からお話がありますの』

彼は小さく頷いてすぐにバイレッタの後を追ったので、聞いてくれたのかはわからなかったが、別に会う時間を設けてくれた。それからは度々、ヘイマンズ伯爵との連絡係として働いた。ガインゼルに仕事を代われと怒鳴ったけれど、この役はミュオンのほうがうってつけだった。特にバイレッタと同級生だったことが大きい。おかげでアナルドに毎日会いに行っても怪しまれることはなかっただろう。それは彼の部下の驚きぶりを見ても明らかだった。

今日のガーデンパーティーが終わった後に、ようやくアナルド以外にも紹介してもらえた。バイレッタが滞在している別荘の執事に案内された部屋に顔を出せば、事前にアナルドたちも打ち合わせをしていたのか、揃っていたのはありがたかった。

基本的にはアナルドの部下が今回のヘイマンズ領に起きている騒動を調べてくれていたので、ミュオンとはほとんど会う機会はなかったのだが。

腹立たしいのは、ガインゼルの暗殺計画があったことを知らされていなかったことだ。ガーデンパーティー終了後に滞在していた別荘に戻ると伯父から手紙が届いていて、すぐにアナルドのところに報告を聞いてくるようにと指示されたのだ。その手紙にガインゼル暗殺計画も書かれていたのだった。

伯父が黙っていた理由はきっとミュオンがガインゼル本人にあっさりとばらしてしまうと危惧したからだろう。結局はこうして伝えるくらいなら最初から言っておいてくれればと歯嚙みしたい気がした。何より、伯父のおかげでより大変なことになってしまった。

てっきりならず者たちに困っているから水かけ祭りの開催を危ぶんでいるのだとばかり思っていた。だからこそ軍人であるアナルドたちの参加を促したし、それで開催できると安易に考えた。

それが標的であるガインゼルの参加も勧めてしまったこともそうだが、そんな危険な祭りにバイレッタを出すことになってしまったのだ。ならず者たちくらいなら彼女が危害を加えられることはないと思うが、暗殺者など論外だ。近寄ってほしいわけがない。

正義感の強いバイレッタがガインゼルの暗殺計画など知ったとしたら、確実に助けようとするのは目に見えている。つまり、いかに彼女を危険から遠ざけるかを考えなければならなくなったわけだ。

当然、アナルドにもしっかりと釘《くぎ》を刺した。

水かけ祭りに誘ったのはミュオンだけれど、その上アナルドから彼女とのペアの座も奪ったけれど、知っていて止めなかった彼にも十分に責任はあるのだ。けれど彼を責めれば、絶対零度のまなざしが返ってきただけだった。

どの口がそれを言うという無言の叱責が聞こえた気がした。そもそも彼のミュオンの心証は著しく悪い。最初から接待役として顔を出したのが問題だとわかっている。これには伯父にしっかりと文句を言ったほどだ。

伯父としては綺麗な女性が通ってくれるのは心証がよくなるだろうとの魂胆があったようだが、今日のガーデンパーティーでのアナルドの様子を見てミュオンに謝罪してきた。彼が妻にあれほど溺れているとは思わなかったようだ。アナルドの噂を聞いていれば納得であるが。冷酷、冷血の『戦場の灰色狐』がまさか愛妻家だなんて思うわけがない。

まあそれ以外にも妻との仲を邪魔する厄介者とでも思われていそうではある。

しかしアナルドと伯父は間接的にでも連絡を取り合っていたにしては、ガーデンパーティーではしっかりと初対面を演じていた。二人の態度は普段と変わりなく、策士だなと呆れる。

そんな夫を持つ友人をますます心配してしまうのも仕方がないのではないだろうか。見せかけだけの愛したふりか、友人は騙されているのではないかと勘繰ってもしょうがないと思うのだ。

なんにせよ、浅はかなミュオンの行動がバイレッタを危険な目に遭わせる一助になったとの後悔は否めない。

ただ、アナルドを怒らせて本性を見せてほしかっただけなのだが。

ゼリアが問うているのはそのことだろう。けれど、敢えてミュオンは違うことを口にした。

「さあ、どうかしらね。とにかく伯父様の意向は伝えたけれど、どう出るのかはあちら次第だし。まさか帝国貴族派がガインゼルの命まで狙ってくるとは思わなかったけれど、一応は彼を守ってくれるつもりらしいわ」

「いつもの自信はどうした、お姫様。さすがに狐相手には難しいか。珍しく弱気だな」

「うるさい。それと口調が戻っているわよ」

「へーい、申し訳ございません、お姫様」

にやにやと面白がって笑みを浮かべた従者に、ミュオンは一睨みしてからお茶に口をつける。誤魔化したけれど、見透かされているようだ。

「能天気なお前と違って、私は繊細なのよ。いろいろと計画が狂って戸惑っているの」

遊びに来たのは本当だが、別に目的もあった。

バイレッタと再会したら、今度こそ彼女を自国へと連れて帰ろうと考えていたのに。

まさか結婚して子供までいるとは思わなかった。

しかも相手は冷血と名高い『戦場の灰色狐』、アナルド・スワンガン。

旧帝国貴族の由緒ある名家スワンガン伯爵家の嫡男で、精巧な人形のような整った容姿の持ち主。だというのに、軍人としても優秀で、数々の戦場で『栗毛の悪魔』と名高いモヴリス・ドレスランと合わせて華々しい勝利を帝国へもたらしたと言われている。

そんな男を夫にしていると聞いてびっくりしたけれど、実際に横に並んでいる二人を見れば、バイレッタのあまりの変わりようにさらに驚かされた。

素直に怒って恥じらって、感情をむき出しにしている女は誰だ。

成長したほうがさらに感情豊かになるとはどういうことだ。子供返りしたような幼さなんて、スタシア高等学院でも見たことがなかったけれど。

少しくらい落ち着け。

絶対に夫にからかわれているだけだと思えば、アナルドも終始一貫して本気だ。溺愛を隠さない蕩けるほどのまなざしを妻に向けて、どこまでも真剣に愛を囁いている。

なるほど、とミュオンは納得した。

これほどの愛情を言葉と行動で示さなければ、彼女には伝わらなかったのだと。

これは学院にいた自尊心の高いお坊ちゃんどもには無理な話だ。

幼い自分の子供っぽい怒りに似た初恋でも無理だ。

ある意味、見ているほうが恥ずかしくなるほどの真摯な愛だけが、彼女に届くのだろう。

けれど、やはり自分がここまで来るのにはそれなりに覚悟も真剣な思いもあったことは確かだ。だから諦めきれず、バイレッタに相応しい男かどうかを見極めるだなんて張り切って、とことん二人につきまとって夫婦の新婚旅行を邪魔していたわけだが。

結果としてはすっきりしない感情を抱えるだけになった。

どれほど押しかけてもバイレッタは丁寧に対応してくれるし、アナルドの表情は変わらない。その上、突然いちゃつき出す。これはきっとミュオンが邪魔してもしなくても変わらない日常ではないかと気づいている。あの夫はミュオンだろうが、部下だろうが、誰が傍にいようとも妻といちゃいちゃすることにためらいがない。というか、配慮すらしないのだ。息を吸うように自然にいちゃつくので止める暇がない。それこそへイマンズ伯爵である伯父の前でも同様だったのだ。

ミュオンはアナルドがバイレッタに相応しいかどうかを見極めたいのであって、決してバイレッタに恥ずかしい想《おも》いをさせたいわけではない。そんなことばかりしていれば、ミュオンが彼女に嫌われてしまうではないか、とますます憮然としてしまう。

ミュオンは心の中でなぜか意地になった。

バイレッタが恥ずかしそうにして嫌がっているのだから、もう少し妻の意見を尊重してもいいのでは？

せめて人前ではやめてあげるべきだ。

つまり周囲に見せつけないと安心できないくらい、裏を返せば妻への愛情が薄いということなのでは？

数日二人を観察していてさすがにバイレッタが騙されているとは思わないが、やはり彼女が無理をしているのではないかと思わずにはいられない。

無理強いする夫など彼女に相応しくはないのだ。

ガーデンパーティーの帰りの馬車の中で二人が口論を始めた時は、チャンスが来たのだと心の中で盛大に拍手喝采した。うまくバイレッタとペアになって共闘できるのだ。アナルドが何に怒っているのかはわからなかったが、ミュオンにとっては好都合だった。水かけ祭りですべての鬱憤を晴らしてみせる。

ここ数日、あてられっぱなしでストレスは十二分に溜まっているのだ。

それを晴らせるのなら悔いはない。その上、アナルドの本性を暴いてバイレッタに見せつけてやるのだ。

だからこそ、祭りの当日が本当に楽しみなのは変わらない。

バイレッタの安全は最大限に守る。それが今回の騒動に知らずに巻き込んでしまった己の責務でもある。ゼリアを動員してでもバイレッタを無傷で祭りを終わらせるのだ。

だが、憂いなく祭りに参加するためにはやらなければならないことがある。

「ゼリア、明日は朝から出かける用意をしてちょうだい。シーアとかいう女のところへ行くわよ」

第三章　怒濤の水かけ祭り

午後に大雨が二日降り続いた真夜中。

バイレッタたちが泊まっている別荘の正面玄関から堂々と帰ってきた男に、バイレッタは深々とため息をついた。

もちろん一緒に出迎えたメイドには目配せをして下がらせている。夜も遅いのに家人の帰りを待ってくれている姿に頭が下がる思いである。

「やあ、バイレッタちゃん。夜更かしは美容の敵だぞ」

「誰のせいだと……ご機嫌でお戻りですのね」

「ば、バイレッタだと……？」

ヴォルミに抱きかかえられるようにやってきた男は、真っ赤な顔をバイレッタに向けて顔を顰めた。

「こんばんは、ガインゼル様。お水を用意しましょうか。とりあえず、そちらにどうぞ」

「ああ、一番近くの部屋でいい。水はいらないぞ、まだ飲むからな」

「明日は祭りだと伺いましたけれど？」

連れのガインゼルはすでに相当酔っぱらっていて限界のようだが、まだ飲むとは本気だろうか。

ヴォルミは酔っぱらったまま、吐き捨てる。

「そうらしいな。いいんだよ、どうせ横暴な上司の馬鹿な命令に従わなきゃいけないんだから、そんなの素面《しらふ》でできるかってんだ」

「俺は優勝するんだ。ペアなんだから、酔っぱらって参加なんて無様な真似《まね》はすんなよ」

ガインゼルが酔っている瞳を虚空に向けて文句を言っている。

「ヴォルミさんは、そんなにお祭りに参加するのが嫌なのですか？」

アナルドのペアはサイトールだと聞いている。

そしてガインゼルのペアがヴォルミだ。軍人をガインゼルのペアにしたのには、何かしらヘイマンズ伯爵からの指示があったようだ。エルメレッタの三人の子守の中から誰か一人寄こしてほしいと言われヴォルミが喜んで立候補しており、彼はご機嫌だった。けれど、相方のガインゼルは納得がいっていないという話を聞いていた。

なぜヴォルミをつけたのかといえば本人の希望もあるが、相性を優先したと言っていた。この二人は本当に相性がいいのか。むしろサイトールとアナルドの相性はどうなのだろうか。サイトールは最近、見かけるたびに胃を押さえて呻いているけれど。とにかくペアが決まったと聞いた途端に、ヴォルミはガインゼルと飲んでくると勢いよく出かけていった。

相性がよくて仲良くなったのかと思ったけれど、こうして飲み潰しているあたり、二人の仲が良好なのかは謎だ。素直にガインゼルが従っているとも思えなくもないので、判断はつきかねた。

ヴォルミがガインゼルをソファに寝転がせて、空いたほうにどかりと座る。

バイレッタは気を利かせたメイドが持ってきてくれた水が入ったグラスをテーブルに置いた。ヴォルミは手に持っていた酒瓶から直接口をつけて飲んでいる。

「いいや、俺はめちゃくちゃ楽しみだね。あのくそ上官にほえ面かかせてやる。そうさ、上官には水をかけてもいいんだ。そういうルールなんだからな！」

先ほどは文句を言っていたように思えたが、やけっぱちのように叫ぶヴォルミはなぜか相当に憤っている。

一体水かけ祭りに何があるのか、一抹の不安を感じた。

「坊ちゃんは坊ちゃんで面倒くさいことになっているしなあ」

「坊ちゃん言うな！」

寝そうになっていたガインゼルが、ヴォルミに向かって怒鳴った。

「だいたい、貴様は平民のくせに態度がでかいぞ。だから、軍人は嫌いなんだ」

「はいはい、こうしてお坊ちゃん扱いしてるじゃないですか。そもそも坊ちゃんは帝国貴族派の連中も嫌いでしょうが」

「どういうことです？」

ガインゼルが軍人嫌いだというのはアナルドを毛嫌いしているからだと聞いたが、同じ派閥の相手を嫌っているとは聞いていない。

「帝都で遊んだほうが楽しいっていうのに、いい年した男がいつまでも領地から出てこないなんておかしいだろ。ヘイマンズ領が別にさびれてるってわけではないが、女の質はあっちのほうが断然上だからな。本人に酔わせて聞いてみたら、帝都にいた学生の頃に髪色で馬鹿にされたんだと。汚い髪色だなんだと難癖つけられて、華やかな都が一気に大嫌いになったとかなんとか？」

「俺の髪色は母様譲りだ。馬鹿どもにはわからないが、綺麗な色なんだ。シーアは褒めてくれたから……」

「はいはい、それで惚れ込んで結婚したいと思ったんだろう。それは何度も聞きました」

ガインゼルが素直に話しているなと思えば酔っているからか。

これもヴォルミの作戦なのだろう。彼が飲みたかったというのも本音だろうけれど。

「シーアはそれだけじゃないぞ。俺の話を馬鹿にしないで聞いてくれて、優しく髪を撫でてくれるんだ」

「それ、母親みたいだよな」

「母様とは違う。母様は帝都のほうが好きなんだ。それに子供に甘い人じゃない、俺の話など少しも興味なくて聞いてもくれないんだ……」

苦しげな表情で呻いていたガインゼルは、そのまま丸くなって眠ってしまった。

貴族らしい横柄な態度を崩さない普段の様子からはかけ離れた姿に、バイレッタは思わずヴォルミを見やる。

「やっちまったよなあ、とんだ子供を起こしちまった気分だ。母親が大好きで一緒にいたいくせに、帝都の貴族にいじめられたから帝都にはいられなくて領地でしか大きな顔ができないって卑屈になってる。これが三十男の言うことか？」

「ヘイマンズ伯爵夫人は確かに華々しい方ではありますね」

旧帝国貴族派の中堅であるヘイマンズ伯爵家のために高位貴族が開催するサロンに

は必ず出席していると義母のシンシアから聞いたことはある。貴族女性らしい立ち居振る舞いは見事だと褒めていた。

けれど母親としては少々問題があるのかもしれない。

「伯爵夫人は年中帝都にいると聞いています。伯爵は行ったり来たりしているようですが、ガインゼル様はこちらに留まっているので会うことはないということでしょう」

「はあ、貴族の母親ってのは優雅なもんだな。だけど、こんな拗《こじ》らせ男を放置するのはどうなんだ。母親恋しいって焦がれて父親に構ってもらいたくて問題起こすために女と散々遊び回って。両親への鬱屈を女にぶつけるだけだから、相手にとっちゃいい迷惑だよ。おかげで町中の女に恨まれてる。いろんな女にいいこと言って本気にさせたら捨てるって最低な行為で遊びですらないからな」

ヴォルミは吐き捨てるように言うが、バイレッタにとってはどちらも女の敵であることには変わらないのではと思ってしまうが、遊び人なりの矜持があるようだ。

「ここにきて遅咲きの恋に目覚めてのめり込んでいる。ようやく報われるのかってところで、まあ、その相手が悪かったたな」

「アナルド様から調べるように頼まれたのですか」

シーアはどこにでもいるような平民の女に見えたが、確かにガインゼルに惚れられているという優越感や浮かれた様子は見受けられなかった。だから彼に脅されているのではないかと疑ったのだが、ヴォルミの口ぶりからはそんな雰囲気はない。

「バイレッタちゃんのお願いなんだろう。きっちり調べろとのお達しだ。いろいろと調べたらまあきな臭い話になったんだよ。だというのに、原因の坊ちゃんはこの様だ。本当にやるせないね」

ヴォルミは深々とため息をついて、酒瓶に口をつけた。

一気に呷《あお》って、口元を乱暴に腕で拭う。

「バイレッタちゃんもそろそろ寝たほうがいいぞ。明日はかなり騒々しい祭りになるからな」

「あら、ここまで話しても教えていただけないのですか」

バイレッタが微笑めば、ヴォルミは真剣に顔を顰めた。

まるでこの世の終わりとでもいうように。

誘惑したつもりはないけれど、少しは話を聞かせてくれるかと期待したのは確かだ。思ったような反応が得られなかったのは、以前と同じだ。全く軍人というのは扱いにくいと知る。

「可愛いおねだりは上司の前だけにしておいてくれ――と言いたいところだが、今回ばかりは余計なことはせず大人しくしていることだ。自分の身が大事ならな」

「ヴォルミに賛成だね」

いつの間にか入り口に立っていたケイセティが、欠伸を噛み殺して気だるげに告げた。

ヴォルミが騒がしかったから、起きてしまったようだ。きっちりと普段着を着ているところを見ると、彼の帰りを待っていたのかもしれないが。

「僕たちは上官命令には絶対に逆らわないから聞いたところで無駄だよ。たまには心配性の夫の言うことを聞いてあげてもいいんじゃない」

「お願いしたのは私なのに、誰も教えてくれないというのも悲しいものじゃありません？」

「あんたは首を突っ込んで余計なことをするだろう。絶対に教えるなと中佐のご命令なんでね」

「アナルド様は横暴ですわね」

憤慨してみせれば、うんざりしたようなケイセティがヴォルミの後を継ぐ。

「文句があるなら、ぜひ上官にどうぞ。妻が口を聞いてくれないと落ち込んでいる中佐を宥めるのも限界なんだけど」

「ご冗談を」

あの夫がそんな可愛いものか。

バイレッタはガーデンパーティーから戻ってきて以来、アナルドとほとんど顔を合わせなかった。声をかけられても一言二言しか話さない。明らかに避けているのは自分だが、意図的にバイレッタが欲しい情報を伝えてこないのはアナルドだ。

ふてぶてしく策略を張り巡らせて、こちらが降参するのを待ちかまえているのだろう。絶対に乗ってやるものか。

なぜ怒っているはずのバイレッタが、折れてアナルドから情報を聞き出さなければならないのか。

「全くこの夫婦は相変わらずだな」

「ヴォルミさあ、そいつを手懐けたみたいになんとかしてよ」

「馬鹿野郎、命を縮めるようなもんだ。なんで装備なしの単身で地雷原に突っ込むような真似しなきゃならねえんだよ。手を出したなんて言いがかりつけられて上官に締め上げられる未来しか見えない。ぜってえ、いやだ！」

「ヴォルミさんは、ガインゼル様と仲良くなられたんですか」

「気になるところがそことか、ほんとバイレッタさんはいい性格してるよね。ヴォルミは昔から男連中なら誰とでも仲良くなれるんだよ。軍じゃあアニキって慕われてて、仲間とばっかりつるんでるし。そりゃあ女の子が寄ってくるわけないよね」

「おうおう、坊やがマウント取ってくるんだが？」

「僕には可愛い嫁のミイナがいるからね。嫁探し中のヴォルミを下に見るのは当然じゃない」

「てめえ、本当に覚えとけよ。雨が二日続いたんだ、明日がようやく祭りの日だろう。盛大に色水かけてやるからな」

「ふふん、やれるものならやってみなよ」

ヴォルミが低く唸れば、ケイセティが煽る。

「ケイセティさんは相方が決まったんですね」

アナルドの相方はサイトールで、ヴォルミの相方がガインゼルなのでケイセティはあぶれるのだ。

一体誰と組むのか不思議にはなっていた。

ぎくりとしたケイセティは、すぐに取り繕った澄まし顔で答える。

「あ、それは祭り当日のお楽しみってことで。そちらの文句も上官に言ってね」

ケイセティが肩を竦めて、そう締めくくった。

二日続けて午後に大雨が降ったが、本当に今日の午後から大雨が振るのか疑わしいほど晴れ渡った空の下。

今日が条件通り、水かけ祭りの開催ということだった。

今、バイレッタは町の中央広場にいる。

中央広場には真ん中に噴水があり、八方向に道が伸びている。道をそれぞれ二本ずつ東西南北に分け、受付で引いたくじで東は青、西は黄、南は赤、北は緑といった具合に色で分けられている。バイレッタは南で赤色だった。赤色の水をとにかく人に向かって投げつければいいという簡単なルールだ。

ちなみに二名一組の参加で、一人が色水をかけ、もう一人は木の盾を持って仲間を色水から守るという役割があるらしい。バイレッタのパートナーはミュオンである。

ミュオンが水かけ担当で、バイレッタが盾持ちになった。

東に目を向ければ、青色の水鉄砲を持ったアナルドと盾を持ったサイトールがいる。

ちなみに敵対している相手が必ずいる祭りなので、相手と一緒のチームにならないいためにそれ以外の色分けをしてくれる配慮がある。北にはガインゼルとヴォルミがいるので、きちんと分けられていると納得できた。

結局ケイセティは誰と組んだのか、周囲を見回しても見当たらない。バイレッタたちが出かける時には別荘にいてエルメレッタの子守をしていたが。

「ガインゼルってば、あの顔……っ」

ミュオンがガインゼルを見つけてくすくすと笑っている。

彼は二日酔いが酷いのだろう。朝別荘で目が覚めた時もどこにいるのか理解するのに随分と時間がかかった。ヴォルミがこちらに連れてきたのだと説明したら、領主館に帰ると騒いだのでなんとか宥めたという経緯がある。

今も顔色が悪い上に盾役のヴォルミに支えられている。文句を言っている様子から、意気投合したということではないのだろう。あれだけさらけ出せば仲が深まりそうだが、記憶にないのだろうか。全くよくわからない関係性だ。

「色水は町のあちこちに置いてあるし、この水鉄砲で狙ってもいいけれど、バケツに入っている色水を相手にぶちまけるのが最高に気持ちいいわよ！」

ミュオンが赤色の染料の入った竹筒を掲げて笑う。

とても楽しそうな様子なので、相当この祭りが性に合っているのだろう。

「ミュオン様は慣れているのですね」

「時期が合えば、参加していたから。でも今回で三回目で、前回参加したのは六年くらい前だったかしら。もちろんガインゼルに派手に色水をぶっかけてやったわ。いい思い出よ。あ、だからアナルド様に色水をかけたくなったら、攻守交代しましょう」

「わかりましたわ」

今回のバイレッタとミュオンの格好はシャツにスラックス、ブーツといった簡単なものだ。周囲を見回しても同じような格好をした者が多い。もちろんアナルドたちも同様である。動きやすさを重視したのだなと実感する。

「あら、ケイセティさん——と、エルメレッタ⁉」

バイレッタがなんとはなしに西に目を向ければ、先頭にいたケイセティが盾を持っていないほうの手をひらひらと振っている。彼は西だから黄色だ。見事に四チームに別れた形だが、彼の相方は盾を構えた腕に前抱っこされてきょとんと周囲を見つめている。いつもは寝ている時間なのに珍しく起きているのは、状況が不穏だからだろうか。

ケイセティの相方はなぜかエルメレッタだ。水をかけ合う祭りだというのに、相方が乳児でよいのだろうか。色水は食材からできているので飲み込んでも大丈夫だと事前に説明を受けているが、よく参加が認められたものだ。大丈夫と言われても心配なものは心配である。

アナルドは止めなかったのだろう。ケイセティはエルメレッタをきちんと守ってくれるだろうかとバイレッタは不安になった。

噴水の前で司会進行役の男に促されたヘイマンズ伯爵が挨拶している。領主であるので祭りの開会宣言をしているのだ。

「あら、大丈夫よ。バイレッタは知らないの、このお祭りって子供には優しいのよ。だって――」

「皆の健闘を祈って、開会宣言とする」

ミュオンの説明に混じって、ヘイマンズ伯爵の声が重なった。

そして広場に十挺《じゅっちょう》の空砲が撃たれる。乾いた音が一斉に空へと吸い込まれるように鳴り響いた。

わあっと歓声に似た声が上がり、あちこちに参加者が散らばっていく。ケイセティはひらりと手を振って、雑踏に紛れて見えなくなった。慣れたミュオンが大丈夫だと言うのだから、ひとまずはケイセティに預けることにする。曲がりなりにも軍人だ。しっかり娘を守ってくれるだろう。

「バイレッタ、絶対にアナルド様に色水をかけてやりましょうね」

ミュオンが気合を入れて声をかけてくるので、バイレッタも力強く頷いた。散らばる人々に交じったアナルドの姿を見失わないように視線で追いかける。

彼はとりあえずは逃げることを選んだようで、動きは迅速である。下手に時間を与えて作戦を立てられても困るので、序盤にさっさと本懐を遂げようとバイレッタは考えた。

「さすが軍人は逃げ足が速いわ。バイレッタ、地理はこちらのほうが有利よ。だから、先回りしましょう」

完全にアナルドの姿を見失っているとミュオンがすかさず提案してきた。さすがに慣れているだけある。ミュオンの先導で進めば、途中で他チームからの水かけがある。それを盾で防いでいるとミュオンから感心した声が上がった。

「さすがに女だてらに剣を振り回しているわけじゃなかったのね。今はもうやっていないのかと思ったけれど、反射神経ばっちりじゃない」

「体力づくりには最適ですよ。出産で少し振れない時もありましたけれど、エルメレッタを産んでからは毎日稽古はしています」

「相変わらずの生活のようで。学院でも時折鍛錬していたわね……」

いくつかの建物を通り過ぎ、角を曲がったところで細い路地を駆ける。おおよその位置はわかるが、やはりどこの道に続いているのかはよくわからない。

けれど、向かいからアナルドたちの姿が見えてミュオンがバイレッタの盾を奪った。

「さあ、やっておしまいなさいな、バイレッタ！」

「アナルド様、お覚悟を」

完全に悪役の台詞だなと思いながら、近くにあった赤い色水が入ったバケツを手にとってアナルドに向かってぶちまけた。

「うわっ！」

悲鳴を上げたのは盾を構えたサイトールだ。少し頭に色水を被《かぶ》っているので、まるで頭を怪我したかのようである。血を流したような姿だが、一度濡れたら負けということもない。この祭りの本領は全く色に染まらないか、もしくは様々な色に染まるかのどちらかにあるらしい。つまり一色ではなく四色を綺麗に染め上げればそれはそれで価値が上がるとのことだった。芸術点というもので、特別賞が貰えるそうだ。

ただしサイトールばかり色水に染まっているが、アナルドは全く濡れた様子がない。飛沫《ひまつ》すら躱しているのだから、腹立たしさが勝る。

バイレッタは次々に左右にあるバケツを手に取ってかけているというのに。

「中佐、反撃してくださいよっ」

「いや、妻に攻撃なんてできません。愛しているんですから」

「あんた、なんで参加したんだっ⁉」

しれっと答えたアナルドに盾を掲げながら、サイトールが叫んだ。

確かにアナルドのスタンスは謎だが、バイレッタにとっては好都合だ。

「では、そのまま逃げ続けてください。追いかけますから」

「妻に追われるというのは素晴らしいですね。本当によい祭りです」

うっとりと瞳を細めたアナルドに、サイトールの悲痛な叫びが重なった。

「畜生、撤退しますよ。こんな無謀な作戦に強制参加なんて傷病手当請求してやるっ」

アナルドの首根っこを引っつかんでサイトールは慌てて路地を駆けていった。

「追いかけるわよ、バイレッタ」

「わかりました」

またすぐに見失うかと思ったが、意外に早くアナルドが見つかった。違うチームの妨害に遭っていたようだ。

サイトールが盾となり色水を防ぎ、アナルドがいくつか下げていた色水が入った水袋を相手に投げていた。ぶつかった時の衝撃音が痛々しい音を立てる。また周りに飛び散って固まっていた相手は全員青色に染まった。

「狙いが正確すぎてえぐいわね」

「アナルド様は狙撃手ではありませんが、剣の腕はなかなかのようですから、腕力はありますよね」

「細そうに見えるのに、さすがは二つ名持ちの軍人ね」

「うっしゃ見つけた！」

乱闘しているところに、ガインゼルの腹を抱えてヴォルミが現れた。

すっかりガインゼルの顔色は青を通り越して紫色になっている。二日酔いの上に抱えられて上下に揺すられたのだろう。大の男を一人抱えて余裕で走り回っているヴォルミの怪力にも感心するが、ガインゼルの顔色はかなり心配だ。

「中佐、恨みはなしですからね！」

なぜか盾持ちのヴォルミが、盾を構えたほうの腕でガインゼルを抱えたまま、色水の入ったバケツをアナルドに向かって放り投げる。それを連投しているので、周囲にいた者たちも全員が緑色だ。アナルドは器用に避けているので無傷というか無色である。サイトールは盾で防いでいるので、ほとんどかかっていない。

「豪快だわ」

「ヴォルミさんは力持ちらしいので」

伸びた男たちを五人ほど抱えているところも見たことがある。

「何それ、あれじゃあどっちも同じよ。最強じゃない？」

ミュオンが胡乱な目を暴れているヴォルミに向けている。昨日の様子では、相当上官命令に鬱屈を溜めていたようなので、いい発散になっているに違いない。

隙を狙ってミュオンが水鉄砲をガインゼルにかければ、ヴォルミはさっと盾を翻して防いでいた。反射神経もなかなかのものだ。

抱えられて振り回されている二日酔いのガインゼルの顔色はますます悪くなっているけれど。

以前にケイセティがヴォルミのことを野性的で動きが動物並みだと文句を言っていたが確かに人間離れした動きではある。

「ヴォルミ、いい加減にしろっ」

「うっせぇ、日頃の恨みをここでぶつけずにいつぶつけるんだ！」

「お前、本人に向かって恨みとか言うな、後で責められるのは私だぞっ」

「小隊長だって十分に文句言っててんじゃねぇか、一緒に攻撃しましょうって」

「だから、後が怖いって言ってるだろうが！　私を巻き込むな」

サイトールとヴォルミが怒鳴り合いになっている。色水をかけ合っているので周囲は遠巻きだ。アナルドは避けているだけで、サイトールがむしろバケツを振り回している。盾役不在の水のかけ合いである。攻めは防御になると知る。もちろん二人とも互いの色水で染まっている。ここまで濡れてしまえばもう避けることもしないらしい。

激しい攻撃に、周囲もどんどん巻き込まれて被害が甚大である。迫力ある色水のかけ合いで見学をしていた者たちも攻撃に回り、派手な祭りになっている。四色の色水が飛び交い、近くの建物にも激しくかかる。こんなに鮮やかな四色の片づけを考えれば憂鬱になりそうだが、気にしている者はいない。

積極的に色水をぶちまけて、町が色水に染まっていく。

さすがに邪魔になったのかヴォルミはガインゼルを地面に座らせると、好き勝手に暴れ始めた。動きに制限がなくなったのでますます激しい色のせめぎ合いだ。

地面に蹲《うずくま》っているガインゼルは完全に放置である。

ミュオンが顔色の悪いガインゼルに向かって水鉄砲をかけた。ヴォルミが守っていたから服は全く色水に染まっていないので、初めて濡れたことになる。

ちろちろと赤色がガインゼルの顔にかかっても、彼は顔を上げない。

顔に一筋かかった程度なので優勝する可能性はあるのだろうが、体調面は限界のようである。

「二日酔いで祭りに参加するとか、馬鹿なのかしら？」

「う、うるさい……俺は優勝するんだ」

「一回も優勝したことがないくせに」

「そ、それは俺がもてるから町のやつらが嫉妬して……でも、今回はシーアのために頑張るって決めたんだ」

「ご大層な覚悟なのね」

いつもは口喧嘩ばかりだが、従兄妹《いとこ》同士にしかわからない気安さも確かにあるのだろう。ミュオンの口ぶりはどこか同情的だ。

ガインゼルも顔を俯《うつむ》けたまま、とても立ち上がれないのかもしれない。ヴォルミは彼にどれほど飲ませたのか。

「あちらは本当に派手ねえ」

「あれに交ざるのは大変ですね」

ミュオンが顔を向けた先には相変わらず派手に水をかけ合っている連中がいる。

「探したわよ。こんなところで蹲っているなんて思わなかったわ」

不意に女の声が聞こえ、バイレッタが顔を向ければ、先に気がついたガインゼルが茫然と女を見つめていた。

なぜか彼女の後ろには十人ほどの男たちが並んでおり、手にはそれぞれ武器を持っている。短刀や長剣など武器は様々だ。ミュオンに声をかけてきた者たちも含まれていて、ヘイマンズ領主がならず者と称した輩だと理解できた。

だが、なぜシーアが従えているのかはわからない。

「シーア？　なぜ、ここに……」

「水かけ祭りが中止にならなくて本当によかったわ。せっかく公然とあんたに復讐《ふくしゅう》できるっていうのに、雇った男たちのせいで祭り自体がなくなってしまったら本末転倒だものね」

まっすぐにガインゼルを見て、嘲笑する女はガーデンパーティーでアナルドに見惚れていた可憐《かれん》さも、おろおろとしていた気弱さも少しも見られなかった。

ふてぶてしさを纏った強い嫌悪を浮かべ、ただ膝をつくガインゼルを睥睨している。

「これまでもあんたは祭りのたびに散々色水をかけられてきたっていうのに、少しも反省しないお坊ちゃんだもの。少しくらい痛い目を見てくれなきゃ身に沁《し》みないってことでしょうから」

「なんの話だ」

ガインゼルは茫然とシーアを見上げている。

何を言われているのかわからないなりに、彼女から向けられる憎悪にも似た感情は伝わっているようだ。そこには少しも愛情がないように見える。昨晩ガインゼルが語った愛しい恋人の姿は決して見つけられなかった。

「あんたに弄ばれて捨てられた女の恨みって凄いのよ。こうやって復讐を頼まれるくらいだもの。しっかりと受け止めてちょうだいね？」

彼女が合図すれば、男たちは武器を構えて一斉にガインゼルを威嚇する。

「あの男たち、湖畔でシーアと一緒にいたやつらよ。絡まれてたわけじゃなくて仲間と一緒にいただけだったのね、勘違いしていたわ」

ミュオンがならず者たちの一団を眺めてぼそりとバイレッタに耳打ちした。

「この方たちの目的はガインゼル様への復讐ということですか」

「うーん、ガインゼルに暗殺者を差し向けたって聞いていたのだけれど？」

「はあ？」

懲らしめてやろうという意図でシーアは話しているようだが、なぜガインゼルの暗殺につながるのだ。バイレッタには意味がわからない。けれど、アナルドがシーアに近づくことを止めた理由は察せられた。なぜミュオンが知っていて自分は知らされていないのかはわからないが、きっとアナルドは事前に情報を摑んでいたのだ。

むしろモヴリスの今回のヘイマンズ領への派遣は、この騒動を見越していたのではないだろうか。

男たちが手にした武器を見て、ガインゼルが怒鳴った。

「この祭りは武器の持ち込みは禁止されているだろうがっ」

「ふん、そんなもの。町中で動くんだから、いくらでもやりようがあるのよ」

「俺に手を出せば、父がさすがに黙っていないぞ」

「私、この町の人間じゃないの。もちろんこの男たちも同じよ。お金さえ払えばなんでもやってくれるのだから、ためらいなんてないわよ。終わればすぐに逃げるから心配もいらないわ。頼みの憲兵隊はすぐにこっちには駆けつけられないようにしてあるしね。ちなみに私の依頼人はあんたが弄んだ女の一人だけど、誰かは教えないわよ」

勝気な笑みを浮かべたシーアはそのまま顎をしゃくった。

それを皮切りに動けないガインゼルに男たちが一斉に向かう。

けれど、いきり立つ男たちの前に三人の軍人が立ちはだかった。ガインゼルを放置して騒いでいたように見えたが、しっかりとこちらにも注意を払っていたようだ。随分と遠くの離れた場所で水の掛け合いをしていたはずだが、乱戦を予想していたのだろう。駆けつけた彼らの動きに一切の無駄がない。

隙を見て襲いかかってくる男たちをアナルドは素手で払い、地面に転がしている。サイトールは組み伏せて、ヴォルミは投げ飛ばしているところを見ると武器などまるで関係ないようだ。

素人と本業の軍人では、明らかに戦闘に差が出る。シーアが集めた男たちはいずれもたいしたことはないとヴォルミが評価した通りなのだろう。

「おい、シーアっ。話が違うじゃないか。憲兵隊の奴らは祭りにかかりっきりでこっちの対応は遅れるって話だっただろう⁉」

リーダー格の男が、シーアに向かって怒鳴っている。

なるほど、わざわざ祭りに合わせたのは憲兵隊の介入を嫌ってのことか。

「向こうで騒いでもらってるから、こっちにいないのは間違いないわ。軍人はお綺麗な貴族様だけであとは子守だって聞いていたのよ。ど、どういうこと？」

アナルドだけが軍人だとシーアは思っているのだろう。しかも旧帝国貴族の由緒ある家の嫡男が軍人といえどもたいしたことはないと考えたのかもしれない。見かけだけはアナルドは優男である。ガインゼルがどれほど強いのかはわからないが、軍人嫌いというのだから本職の軍人よりは強くはないだろう。それを知っていればますます彼らの力量を見誤るのは理解できた。

加えて、子守と聞けば軍人だとも思わないだろう。まあ見た目はとても子守に向いていなさそうな成人男性ではあるけれど。なぜ軍人を子守として連れてくるのかとバイレッタだって不思議なのだから。

「くそ、こうなったら全員でかかれっ」

リーダー格の男がやけくそで叫べば、それぞればらばらに動いていた男たちが一斉にガインゼルを狙う。

こちらは三人で、相手は十人以上だ。

アナルドたちの横を抜けて、動けないガインゼルに向かって剣を振り被った男たちがいた。

一人はどこからか飛んできた石を剣を持っていた手にぶつけられ、手放したところをもう一つ飛んできた石で額を割って、小さく呻いて蹲った。だがもう一人のほうはすでにガインゼルの目の前だ。

バイレッタは駆け出していて、ガインゼルの前で持っていた木の盾で受け止めた。

「バイレッタっ!?」

ミュオンが悲鳴じみた声を上げた。

「剣のお手入れはきちんとされたほうがよろしいですわね」

「は？」

普通は剣で斬りつければ木の盾など真っ二つになるが、男の剣は油汚れと刃こぼれが酷い。どれほどの金銭で雇われたのかは知らないが、数だけ集めた烏合《うごう》の衆だ。身なりも悪いが、使っている武器もなまくらどころか屑《くず》同然であるのは瞬時に見て取れた。

とてもガインゼルを致死させられるほどの威力はない。もともとそこまでは求めていないのだろう。少し痛い目に遭えばいいといったところか。

だがそうなるとガインゼルの暗殺計画が気になるところではある。

けれど今は目の前の男に集中するだけだ。

木の盾に刺さるとは思わなかった男は驚愕の表情のまま剣を引いて抜こうとしている。相手に向かって盾を薙《な》ぎ払《はら》えば、そのまま地面にもんどりうって倒れ込んだ。追加で色水の入っていたバケツで殴って昏倒《こんとう》させておく。

「わ、悪い……助かった」

茫然と見上げてきたガインゼルが素直に感謝を伝えてきた。相当に驚いたことがわかる。

「このバカレッタ、危ないじゃない！　貴女がそんな危険な目に遭わなくてもいいのよっ」

「おい、俺が斬られるのはいいのか？」

ガインゼルが横で呆れながら駆け寄ってきたミュオンを見上げているが、彼女は当然だと言い返した。口喧嘩はしていても、それほど仲が悪くないと感じるので、気やすい二人の雰囲気にバイレッタは苦笑するだけだ。

「大丈夫ですよ、斬れないことはわかっていましたので」

「すぐ危ないことをするんだから！」

ミュオンはバイレッタの頭から爪先までを眺めて安堵の息を吐いた。バイレッタにはしっかり勝算があったので、ミュオンの言う危ないことへの意識が薄い。

「けれど、一人は別の方が倒してくださったのです。きっとミュオン様の従者の方ですわよね」

姿が見えない場所から突然小石が正確無比に飛んできたのだ。ケイセティなら声をかけるはずなので、必然的に姿を見せない者の行動だと考える。

「ええ？　ゼリアってば……」

そうまでしても姿を現さない従者の性質に呆れているミュオンの後ろから、物凄い勢いでこちらに向かってくる男がいた。

一人だけ雰囲気が異なり、場違いに落ち着いている。殺気や怒気を振りまいている中で、誰よりも冷静なのが不気味だ。

そんな男が抜き身の綺麗な刀身を振りかざした。

これは防ぐ手立てがない。木の盾やなまくらな剣で受けたところで今度は真っ二つになるだろう。しかもバイレッタの前にはミュオンがいて、横にはガインゼルが蹲っている。それこそバイレッタが避《よ》けたら三人とも斬り殺されてしまう。

ミュオンを抱きしめて、くるりと彼女との立ち位置を変える。それが精一杯だった。

「きゃあっ」

ミュオンの短い悲鳴を聞きながら迫りくる刀身を見つめていると、すぐ横から差し出された剣が受け止め弾き返した。

いつの間にか剣を手にしていたアナルドだ。一瞬火花が散るほどの衝撃をなんなく受け止めそのまま一合、二合と打ち合う。激しい剣戟《けんげき》の音に、周囲も近寄りがたく、固唾《かたず》を飲んで二人の戦闘を見守っている。どちらも相当の手練れだ。アナルドが強いのは知っていたが、暗殺者相手にも引けを取らないとは思わなかった。しかも夫のほうがさらに腕が立つ。

打ち合う回数が増すごとに相手をしている男の顔色が悪くなっていくというのに、アナルドの表情は変わらない。余裕を感じさせる動きは、優雅ですらある。

そうして疲れが滲む男の隙を突いて放った一撃で、男は地面に膝をついて倒れ込んだ。

アナルドがすぐにサイトールに指示を飛ばして、周囲も慌ただしく動いていく。

「ご、ごめんなさい、バイレッタ……私が余計なことをしたから……」

珍しくミュオンがバイレッタの腕の中で震えている。

バイレッタも一瞬の判断で咄嗟《とっさ》にミュオンを庇っただけで、体が勝手に動いてしまったので今になって冷や汗がどっと背中を伝う。

とりあえずは無事で、生きていた。実感するとともに、体が震える。

「こ、怖かったですね」

「ううん、それもそうだけど、あの男、昨日シーアの家にいるのを見たの。だからガインゼルを殺すついでに口封じで私も狙われたのよ」

「口封じって……シーアさんの家に行ったのですか」

「ガインゼルに困らされているなら助けてあげようと思って。まさか、町の女性たちから復讐を頼まれて恋人役を務めていたなんて知らなかったから。でも家に行ったらあの男がいたの。親密そうだったから浮気しているのかと問い詰めたら違うと否定されたんだけど、逃げていったから怪しいとは睨んでいたのよ。それがギーレル侯爵の息のかかった暗殺者だったなんて……」

「ち、違うわよ、私、暗殺なんて考えてない！」

ミュオンに向かってシーアが叫んでいる。

「頼まれたのは報復だけだもの、ちょっと懲らしめてやってくれって。貴族相手に暗殺なんて考えるわけないじゃないっ。あの時は打ち合わせしてたのよ、そこにあんたが来たんじゃない。暗殺者だったなんてどうりで雰囲気は怖いし馴れ合わないはずだわ。すぐにどこかへ行っちゃうのだから、捕まえるのが大変だったのよ」

「あら、そうだったの」

ミュオンが神妙な顔で頷いた。

暗殺者がただのならず者の中に交ざっていれば、その雰囲気は怖いはずだ。シーアの言い分も理解できた。

今回の水かけ祭りにかこつけて、何やら陰謀が渦巻いているのは理解したがバイレッタには何一つとして知らされていない。突然のギーレル侯爵の名前にしたって驚きしかない。

アナルドがバイレッタを関わらせないようにしていたのはこれかと納得したものの、一人だけ仲間外れにされたような気持ちになった。

だがやってくるアナルドの表情を見て、バイレッタは息を呑んだ。めちゃくちゃ怒っている。思わず自身のピリピリする項に手を当てた。

ミュオンはアナルドの空気に気圧《けお》されて、すでにバイレッタから距離を取っている。

「怪我はありませんか。手首を痛めたりもしていませんね？」

「し、していません！」

「あまり心配をかけないでください」

「勝手に体が動いたので、私もどうしようもありませんでした」

「わかっています、貴女が正義感に溢れているのも勇敢なのも知っていますから。でも今のは無謀だったでしょう？　お願いですから、命を粗末にすることだけはやめてください」

「別に私だって死にたいわけではありませんけど」

言い訳めいた口調が弱々しいのは、自覚があるからだ。ただ無謀なのは後から考えるのであって、いつも先に行動してしまうので仕方がないと諦めてもいる。毎回悔やんではいるのだが、次に活《い》かされないのだ。

「もう少し抗ってください。今回は間に合ったからよかったものの、貴女に何かあったら俺は生きた心地がしません。何も言わなくていいですよ、ただ俺が勝手に心配しているだけですよね。ですが責任は取っていただきたい。俺を、安心させてください」

「は？」

どう安心させろというのかとねめつければ、アナルドはバイレッタを抱きしめた。

「新婚旅行に来て、こうして傍にいるのにこれほど長い間口も利いてもらえないとは思いませんでした」

いや、口を利かなかったのは二日間だけですよね。戦場に行けばそれ以上の間、顔すら見ませんけど。

心の中では盛大に突っ込むけれど、彼の苦悩に満ちた低い声に押し黙る。本当に心配をかけたのだと彼の震える体が物語っている。

その声が吐息とともに耳元を掠めた。戦慄に似た震えで身を強張《こわば》らせてしまったバイレッタの背を、優しい手のひらが撫でていく。それはアナルドが落ち着くためでもあるし、バイレッタを慰めてもいるかのようだ。

だから、僅かに力を抜いて口を尖らせた。

拗《す》ねたような声になったのは仕方がない。

「アナルド様がすぐに私の行動を禁止されるからでしょう。隠し事もなさっていますよね。ガインゼル様はギーレル侯爵から命を狙われていたのですか。シーアも彼に復讐するつもりで動いていたらしいじゃないですか」

「知って動けば、絶対に貴女は巻き込まれるとわかっていたからです。知らせていなくても巻き込まれたのでもう運命なのだなと諦めました」

「……勝手な人」

バイレッタだけが何も知らされていない。

疎外感に、やきもきしたのだ。

一緒に旅行に来て、義父に押し付けられた仕事を優先したのはバイレッタだ。けれど旅行を楽しみしていたアナルドの気持ちを蔑《ないがし》ろにしたいわけじゃなかった。だから二人の時間もできる限りは取ったつもりだ。だというのに、物足りないと言われればバイレッタだって反論したくなる。その上、誰かが辛い思いをしているのなら見過ごすこともできない。確かに旅行らしいことではないけれど、それでも何か手助けできるなら動きたいと考える。おせっかいだとか言われることもあるのはわかっているけれど、せめてアナルドだけはバイレッタを止めないでほしかった。

だってそう約束してくれたから。

そもそもアナルドに調べることを頼んだのはバイレッタであるはずなのに、誰も経過を教えてくれなかった。何も知らせてもらえないのは、ひたすらに寂しい。

「姫様からヘイマンズ伯爵家の嫡男の護衛を依頼されましたので、伝えたくありませんでした」

「どういうことです？」

「そもそもドレスラン大将閣下の指示ですよ。新婚旅行に見せかけてヘイマンズ伯爵からの依頼をこなせと指示を受けていました。サイトールたちも同様の指令を受けています。最終的には姫様を通じてヘイマンズ伯爵から、暗殺者から嫡男を護《まも》るよう依頼を受けました。俺としては新婚旅行に仕事を持ち込みたくなかったので、貴女には黙っていただけです。旅行だと楽しんでいる妻を悲しませたくなかったというのもありますね」

「――最初から浮かれていたのは、アナルド様のほうでしょう⁉」

まるでバイレッタだけが楽しみにしていたように言われるのは心外だ。

照れ隠しということもあるけれど、八つ当たり気味に怒鳴れば、アナルドはきりりとした表情で告げた。

「当然ではありませんか、新婚旅行ですよ。既婚者の同僚に聞けば毎日寝台から出ないという話ばかり聞きました。四六時中新妻を愛でるための有意義な時間だとも教えてもらいましたよ。なぜ浮かれないと思うのですか。仕事なんて正直、サイトールたちに押し付けていましたよ」

それは上官が言っていい言葉ではないな。

バイレッタはヴォルミが荒れていた原因を察して、同情した。慣れない子守を命じられて鬱憤を溜めているのかと思えば、上司に仕事を丸投げされたことに憤っていたのか。いや、子守も護衛もしなければならないことに腹を立てていたのかもしれない。サイトールのやつれ具合を見るにつけ、激務だったのだろうなと推測する。

「いい加減、手伝っていただいても？」

サイトールがうんざりしたように声をかけてきた。

はっと気がつけば、襲ってきた男たちは縄でぐるぐる巻きにされているし、シーアは項垂れて地面に両手をついている。何がどうなってそんなことになったのか、バイレッタはさっぱり状況が読めなかった。

「もう終わっていますよ。必要ありませんよね。後はヘイマンズ領の憲兵に任せましょう」

恥ずかしくて声も出せないバイレッタに代わって、アナルドはしれっと答えている。羞恥という感覚がおかしいのだとは思っている。彼の精神はどうなっているのか。常々、感覚がおかしいのだとは思っているかないのだろうか。


「相変わらずの激ニブが、最終的には二人の世界を築いて周囲をそっちのけっていう方向で落ち着くわけね。はあ、本当にこれは勝てないわよ……バカップルにはご馳走《ちそう》さまと言っておくわ。なんともお似合いの夫婦なのね」

ミュオンが顔を顰めているので、バイレッタはアナルドから離れようとした。けれど、彼のたくましい腕はびくともしない。

「もう少し妻を堪能させてください」

「遠慮いたしますわっ」

なんと答えていいのかわからずバイレッタがアナルドを必死で突っぱねていると、ヴォルミの楽しげな声が聞こえた。

「相変わらず見せつけてくれやがって。これなら、どうだっ」

彼の声とともに色水が飛んできて、アナルドはバイレッタを離して、両腕で受けていた。飛び散った色水も頭から被っている。

「濡れていませんか？」

緑色に染まったアナルドが、離れた位置に立つバイレッタを振り返った。

「私は大丈夫ですが、アナルド様が……」

「俺なら問題はありません。さて、これはどういうことか聞いてもよろしいですか」

濡れた前髪をかき上げたアナルドは、無表情な顔をなぜかサイトールに向けた。

「な、なぜ私なんですかっ。止めましたよ、当たり前でしょう」

「ですが、俺のペアは貴方だ。俺を守ってくれるのではなかったのですか」

「あんたが素直に守られるつもりがあったなんて驚きですね⁉」

サイトールの反論はどこかずれていやしないか。

彼も十分に混乱しているのだなとバイレッタはやや遠い目になりながら考えた。

ちなみに色水をかけたヴォルミは「いちゃつくなら妻も恋人もいない部下の見えないところでやれ」と捨て台詞を吐いてさっさと逃亡している。憲兵たちを呼んでくると口早に告げていたが、憲兵たちがすぐに姿を現しても戻ってくる気配はない。この祭りが始まる前から何やら不穏な空気を漂わせていた男である。結婚したいといつも騒いでいる彼はきっと上司の浮かれ具合に一番ストレスを感じていたのだろう。もしかしたら羨ましかったのかもしれないが。少しでも彼のストレスが解消されていたらと願うばかりだ。

やってきた憲兵たちは事前にヘイマンズ領主から話を聞いていたのだろう。男たちを捕らえて、次々に連れていってしまう。アナルドたちに目礼をしてすぐに去っていく手際のよさだ。

ミュオンはしゃがみ込んで、ガインゼルの瞳を覗いた。

「それで、ガインゼルはどうするの？」

「結婚したいとまで考えた愛してた女に裏切られて殺されそうになったんだぞ。傷心に浸らせろ」

口を尖らせたガインゼルにいつもの高慢さはない。ただ哀愁を帯びて目を伏せている。けれどミュオンは容赦がない。

「それは事実だけれど、あの女の姿はあんたを騙すための策略なんだから甘い夢を見させてくれるのは当然でしょう。本性を見たでしょうに、何を傷つくことがあるの。それにこれまでの自分の悪行が返ってきただけよ」

「俺は、そんなに悪いことをしたのか？」

ぱちくりと目を瞬かせたガインゼルは、ひたすらに純粋だ。

三十にもなってとあちこちで言われるわけだと納得する。実に幼い。

「町の女の子たち皆にいい顔して思わせぶりなこと言って、散々遊んできたんでしょうが。将来は伯爵夫人だって誰にでも言ったんですってね。十分、クズのすることだと思うわよ」

「領主の息子だからっておだてて言い寄ってきたのは向こうだ。そりゃあ、俺と付き合えばゆくゆくは伯爵夫人になるだろう。でもそれは結婚した相手だけだ。少し考えればわかることを本気にするほうが悪い。それに、贈り物だってきちんとしていたじゃないか。喜ばせていただろう？」

「身を任せてる時点で、将来を考えちゃうでしょ。思わせぶりなことしているガインゼルの罪は重いわ。だいたい、領主補佐なんて名ばかりのくせに、何が伯爵よ。そろそろ性根を入れ替えないと、伯父様も対応を考えるとおっしゃっておられたわよ」

「父様は俺を見捨てないだろ……」

母親には捨てられたと言わんばかりだ。

ミュオンはふうっと息を吐くと立ち上がった。

「伯父様を試すために遊び回るのではなくて、少しは信頼を得られるように動きなさいよ。いい年なんだから、みっともないわよ」

ヘイマンズ領の憲兵隊が来て男たちを連れていく中、シーアも連行されていく。

ガインゼルも立ち上がって、慌てて彼女の元へと駆け寄った。

「ごめん、シーア……」

「私に謝っても無意味よ」

「わかってるさ、皆にもちゃんと謝りに行く。だから、また――」

「さよなら、坊や。これに懲りたらもう悪さはしないことね」

シーアは不敵に微笑んでガインゼルの言葉を遮った。

彼女のほうが年下だろうが、ずっと大人のように思える。ヴォルミがガインゼルのことをとんだ子供だと言っていたが、確かにその通りだったのだろう。

「あーあ、あいつも失恋かあ。いやだわ、初恋が実らない血筋とか言わないわよね。初恋は本当に厄介だわ」

ミュオンが小さくつぶやいたが、バイレッタは問いかけることがためらわれた。

「そういえば、今から広場に戻ればいいことあるわよ」

「広場ですか？」

ミュオンが笑顔になってバイレッタの手を引いた。

手を引かれたバイレッタが広場に戻れば、歓声が包んだ。

「なんと、祭りも残り僅かというこの時間で全く色水のかかっていない綺麗な女性たちのお戻りだ！　今年の優勝者は彼女たちに決定だああ」

領主の傍で司会を務めていた男が、声をからさんばかりに叫べば盛大な拍手が青い空にこだました。

その割れんばかりの拍手を受けながらバイレッタは、無事に水かけ祭りは終了したのだなと実感したのだった。

「ああ、いたいた」

ケイセティの声が聞こえたので、振り返ればそこには両手を広げて手を伸ばしているエルメレッタがいた。

「あー」

ご機嫌でバイレッタに両手を上げてみせているが、バイレッタの顔色が変わる。

「その手、どうしたんですかっ」

エルメレッタのもみじのような小さな手のひらは色とりどりの斑点で飾られていた。

明らかに誰かが指でちょんと彼女の手のひらに触れたようである。それもすごい数になる。

「あれ、バイレッタさん、聞いてないの。これ、この祭りの恒例行事だよ。参加者の人たちが色水のついた指で子供の手をちょんって触ってくれるんだ。数が多いほどいいらしいよ。子供が無事に健康で大きくなりますようにっていう願掛けみたいなものかな」

「願掛け？」

「あっちこっちで子供抱えた親が参加してたの、見なかった？」

見かけたような気もするが、正直アナルドに集中していたのであまり記憶にない。実際に始まってみれば、派手な水かけ合戦の場所にばかりいたので、子供など近づいてこないだろう。

「その顔は本当に知らなかったみたいだね。エルメレッタは大人気だったよ。ちやほやされて、たくさんの人がつけてくれたから。ほら、ママに褒めてもらいな、エルメレッタ。誰が来ても一度もぐずったりしなかったんだよね。両手差し出して、きょとんとしているから、周りの大人たちのほうが悶絶《もんぜつ》してた。可愛い可愛いの大合唱だよ」

「そ、そうですか。お疲れさま、エルメレッタ。偉かったわね」

小さな頭をそっと撫でると、ぽやぽやの柔らかい髪の感触がする。

「そうだ、祭りの優勝おめでとう。離れたところからしっかり見てたよ。僕も一応は護衛担当だったから対象の近くにいたんだよね。後でヴォルミや小隊長も労ってあげて。じゃあ手を洗ってくるから、またね」

今回二人がかなり奮闘していたことはわかっているので、バイレッタは頷いた。それを見届けてケイセティはエルメレッタを抱えて手洗い場へと向かってしまった。

この後雨が降るということで、広場の隅っこで雨を待っているアナルドの元へバイレッタは向かう。

「エルメレッタは大人気だったようですよ」

「そうですか、それはよかった。たくさんの人に祝福してもらえましたね」

叔父が話していた成長祈願とはこの祭りのことだったのか。ついてこようとしたのは、エルメレッタと一緒に祭りに参加したかったからかもしれない。

しかしアナルドも知っていたのならもっと早くに教えてくれてもよかったのではないだろうか。なぜバイレッタに説明しなかったのかと聞いても、説明したとアナルドなら答えそうだ。言葉足らずな夫の説明などいつも簡潔すぎて伝わらないというのに。

そこに怒りをぶつけても仕方がないとわかっている。

「エルメレッタが生まれて嬉しいですか？」

「当然ではありませんか」

不思議そうにアナルドが首を傾げた。

かつては賭けの対象にまでしていた子供だ。夫の権利が欲しいと懇願された時には子供はいてもいなくてもいいと言っていた。

だというのに、今は素直に喜んでいるらしい。

バイレッタははにかむような笑顔を浮かべた。

なんとも胸がくすぐったくなる。

「ところで、今回色水は貴女にかけられていないので、人前でも触っていいですよね？」

アナルドが確かめるように、バイレッタの手をそっと握る。

「アナルド様が怒らせるようなことを言うからです」

「ですから、すみませんでした。貴女を危険から遠ざけるためだったのですが、まあ言い訳ですよね。ですが、俺の夫の権利を奪うようなことは二度と言わないでください。貴女の隣に立つ権利は誰にも奪われたくありませんから」

「え、そんなつもりで言ったわけではありませんよ。人前では恥ずかしいので触らないでほしいということで——」

「そうでしたか。誤解してしまいました。出産に夫として立ち会えなくて貴女が怒っていたので、尚更謝罪をしなければと意気込んでいたのですが」

「ええと、なんのことでしょうか」

「ですから、エルメレッタが生まれたと知らせる手紙を三ヶ月以上も経ってから送ってくれたでしょう。それほど怒らせたのかと反省したのですが、正直、何がそれほど貴女を怒らせているのかはわからないので、困っているのです」

「怒っていませんよ？」

アナルドに出産に立ち会えなくて怒っていると告げただろうか。どちらかといえば、仕方がないと何度も慰めたような気がする。

しかしいろいろなことですれ違っていたのだなとバイレッタは呆れた。珍しく口数の多い夫は、それなりに反省したということだろうか。言葉足らずが妻を怒らせると認識したのかもしれない。

「そうですか、それならよかったです。これで仲直りになりますか？」

「はい、仲直りです」

きゅっとアナルドの手を握れば、彼も優しく握り返してくれる。

ほっとしたように微笑んだアナルドの頬に雨粒がぽつりと当たった。

彼は慌てたように、広場にある店舗の軒下へとバイレッタを引っ張った。バイレッタだけを軒下へ残し、アナルドは雨の当たる場所で立ち止まった。

「濡れてしまいますよ？」

「平気ですよ、バイレッタはそこで見ていてください」

あっという間にぽつりぽつりと雨音がして、ざあざあと大きな音を立てて雨が降る。広場にいた色水を被った者たちはあっという間に綺麗になっていく。けれど、ずぶ濡れであることに変わりはない。

アナルドも緑色が一瞬で無色になった。

「これはすごいですね。こんなに綺麗に色水が落ちるなんて」

「このお祭りの醍醐味《だいごみ》らしいですよ」

バイレッタが雨の中歓声を上げている人々を眺めて感嘆の息を吐けば、雨に打たれながらアナルドも面白そうに瞳を細めてその様子を見守っている。

「優勝の賞金は、参加者全員に分けたんですね」

「せっかく楽しく参加させていただいたので、お礼のつもりですわ。ミュオン様もそれでいいと了承してくださったので」

優勝賞金を受け取って酒盛りをするのが定番らしいのだが、バイレッタはそれよりも参加者に配るようにお願いした。一人一人には微々たる金額になってしまうけれど、ヘイマンズ伯爵も受け入れてくれた。すでに配布済みなので、バイレッタの手元には帝国硬貨が握られている。子供のお駄賃ほどだが、それでも参加した証《あかし》に変わりはない。

何より、エルメレッタの成長祈願を兼ねているのなら、尚更感慨深いものがある。しみじみと今日の祭りの余韻を嚙み締めているところに、ケイセティが駆け込んできた。後ろにはサイトールとヴォルミの姿もある。

「バイレッタさん、エルメレッタこっちにいない？」

「え、あの子またいなくなったんですか」

ケイセティが真っ青になって説明する。

「手を洗いに行って、皆が戻ってくるのを待っていたんだけど、雨が降りそうだからちょっと空を見上げた隙にいなくなってて」

「またすぐに戻ってくるのでは？」

「それが雨が降り出してしばらく待ってみたんだけど、戻ってこなくて。もしかしたら雨のせいで戻ってこられないのかも」

立って歩くこともできるが、屋外で一人で歩いたことなどない。ハイハイをするにしても土砂降りの雨の中、地面を這いずり回っている姿も想像がつかない。どこかで同じように雨宿りしている可能性のほうが高い。

「捜してきます」

「俺も行きます、サイトールは集合場所にいてください。何かあればクロヤトとトルレン、連絡を取れるように。信号は緊急の五番で、行動してください」

「「ヤー」」

詳細はバイレッタにはわからないが、軍用の連絡をとりあう方法があるのだろう。

アナルドの短い指示で、ケイセティとヴォルミが町へと散っていく。

「あの子は賢い子ですから、きっと無事です。ですが、早く迎えに行ってあげましょう」

「はいっ」

バイレッタはアナルドの力強い言葉に必死で頷いた。そうでないと、足元から崩れ落ちそうな不安に押しつぶされてどうにかなってしまいそうだったから。

エルメレッタがいなくなっていた時に、どうしてもっと真剣に気にしなかったのか。すぐに戻ってくると安心していてどうする。今みたいに戻ってこないこともあるのだから。

あの子は無事でいる。いつもみたいにきょとんと雨を眺めて、雨宿りしているに違いない。いつやむのかと時間を計っているのかもしれない。

「あまり遠くには行っていないでしょうから、広場から中心に捜していきましょう。俺はこっちから行きますから、バイレッタはあっちをお願いします」

示された方向を見て、バイレッタは駆け出した。

雨など少しも気にならない。

建物の軒下や、木の下など雨を凌《しの》げそうな場所を見つけては、隅々まで捜す。けれど、あの小さな愛らしいフォルムは見つけられなかった。

逸《はや》る気持ちを必死で抑えて、無事でいることを祈りながら、進む。

「まあま」

ふと聞こえた声に、バイレッタは慌てて声のしたほうを捜した。子供のたどたどしい声。高くて小さい声なのに、ひどく大きく聞こえた気がした。雨音に消えない声を縋るように捜す。

建物の間にある木の下で、長身の黒髪の男が子供を抱えていた。

「お前ね、オレはママじゃないっての。早く戻らないと厄介そうなのになあ」

「まあま」

男の腕の中で、こっちを向いて手を伸ばしているのは、エルメレッタだった。

バイレッタは慌てて男に向かって駆け寄った。

「エルメレッタ！」

男がやってきたバイレッタに気がついて、相好を崩した。

「ああ、よかったよ、バイレッタが来てくれて」

黒髪の男が金に近い琥珀色の瞳を細めて、安堵の声を漏らした。

「え、ええと……？」

気安く名前を呼ばれてもバイレッタには男に見覚えがない。

誰だったろうかと首を傾げていると、エルメレッタが手を伸ばしてくる。

「ああ、私は濡れているから」

思わずバイレッタが断ると、慌てて男が上着を脱いだ。

「オレの上着なら濡れてないから、羽織っておけ」

「え、ですが、寒くありません？」

「そんな柔な鍛え方はしていないから。あんた自分の格好を意識したほうがいい。飢えてなくても狼《おおかみ》どもに襲われるぞ」

「？　この町は山から離れていると思いますが、狼なんて出るのですか」

「なんでそんなに無自覚なんだ……」

呻くように男が言うけれど、バイレッタにはなんのことかわからない。

無理やり押し付けられて、着るように強要された。仕方なく袖を通せば、かなり大きいが、温かったので実際には冷えていたのだろう。

「この大雨のせいでバイレッタのところに戻せなくて、すまなかった。心配しただろう。毎回オレのところにやってきては引っついてくるから、こっそり戻してたんだが。お母さんは濡れているから、まだこっちにいろって。タオルくらい持ってきていればよかったんだが、あいにくと馬車の中に置いてきちまったから。姫様はもう戻ったのか？」

「姫様って、ミュオン様ですか。ああ、もしかして、ミュオン様の従者の……」

「そうか、こんな格好しているからわからなかったか。そうだよな、それが普通の反応なんだよ。オレだよ、ジン・ヴォレル。今はゼリアって名前を使っているが」

そうさらりと名乗った男を、驚きながら見つめる。髪の色は確かに違うが、瞳は同じ金に近い琥珀色だ。

記憶の中の男と重なって、バイレッタは思わず名を口にした。北のミイルの町の宿の主人の名を。

「テイランさん？」

「あんたには手紙に名前を書いて教えただろう。ジンっていつでも呼んでくれ。もしかしてオレからの手紙は届かなかったか」

ジン・ヴォレルという名前にはあまりなじみがないが、確かに以前に貰った手紙に書かれていた名だと思い出した。しかし『白い死神』である傭兵が、なぜミュオンの従者などをやっているのか。

「あ、いえ、いただきました。ええと、その節はお世話になりまして」

「ぶはっ、いえいえ。オレも仕事だったんでお気になさらず。おいしそうにオレの手料理を食べてくれたあんたには感謝しかない」

テイランのような口ぶりで話し出した男は、面白そうに笑みを浮かべた。

バイレッタは北の宿でやりとりをしていた頃のように、穏やかな気持ちで以前に抱いた疑問を口にする。

「不思議なのですが、あんなにおいしいのにどうして誰もおいしいと言わないのですか」

「オレが毒物を扱うことを知っているからじゃないか。なんか変な物が入ってそうで、嫌がられるんだよ。まあ手料理を振る舞う機会も今までなかったというのもあるが」

「ケイセティさんたちもおいしいって言っていましたけれど」

「もちろん、野郎どもはカウントしない！　あんたは本当においしそうに食べてくれたから、嬉しかったんだよ。誰かのために料理するなんて興味深い経験だったしな。このチビはあの時腹にいた子だろ。あんたに似て美人だな。オレをおっかけてくるなんて男を見る目もある」

「怪しい者がいれば警戒しますよ。俺の娘ですからね」

「はあ、もう来やがったか……」

心底うんざりしたようにゼリアが告げる。振り返ればアナルドが濡れた前髪をかき上げて立っていた。

「タオルもありますから、こちらへ娘を渡してもらいましょうか」

アナルドが懐から乾いたタオルを取り出したので、素直にゼリアがエルメレッタを渡す。

「ぱっぱ」

アナルドに抱っこされながら、エルメレッタは父親を呼んだ。

「娘が覚えたての言葉で両親を呼んでいるんだ。感動的なところなんだから、見逃してくれよ」

「今は敵対していませんから、何もしませんよ。娘を保護していただいてありがとうございます」

「なんだ、お前から礼を言われるのはいいな！」

「貴方が逃げたおかげで、情報が錯そうしましてね。西を攻める決め手に欠けて大変だったんですよ、指揮官殿。ぜひ、そこら辺のお話を聞かせていただきたいですね」

「やっぱり捕まえる気なんじゃないか。今のオレの雇い主はテンサンリだ。それに西はオレたちが逃げた後にきちんと片がついただろうが。また戦功をあげたんだろう、『灰色狐』？」

「くしゅっ」

お互いに握っている情報があると匂わせた会話は、バイレッタの小さなくしゃみで、無言のうちに終了した。今回は引き分けのようだ。どちらも分が悪いと悟ったようでもある。

「バイレッタが風邪を引く前に、戻ったほうがいい」

「言われなくてもそうします。服はお返ししても？」

「おいおい、冗談だろう。お前の上着は娘をくるむのに使えよ」

「ちっ、仕方ありません。妻が汚れるのは業腹ですが、娘に風邪を引かせるわけにも

いきません し」

「失礼だな、これまで以上に身綺麗にしているぞっ」

「うるさいですよ。返しませんからね」

「いらねえよ。好きに処分してくれ」

「ではきっちりと燃やしておきます。それより、ミュオン様が探しておられましたよ。そちらも早く戻ってはどうですか」

「本当に徹底してるんだな……まあ、いいか。じゃあ、またなバイレッタ」

ひらひらと手を振って、ゼリアは雨の中、広場に向かって駆けていった。

「忌々しい男だ。今後、近づかないようにしてください」

「仲が悪いのですか？」

「どこに仲が良さそうな要素がありましたか」

アナルドが胡乱な目を向けてきたので、バイレッタは首を傾げてみせる。

気心の知れた相手のように見受けられたと告げたらどんな顔をするのかなと思ったのだった。

第四章　妻色に輝く世界

見つかったエルメレッタを連れ、サイトールたちと合流した後、皆で揃ってずぶ濡れで滞在している別荘に戻れば、すぐに浴室へと向かう破目になった。エルメレッタは乳母に預けて、しっかりと温めてくれるように頼んである。

各部屋にもシャワーや浴室がついているので、それぞれ部屋に別れる。

主寝室の横にも主《あるじ》夫婦のための大きな浴室がついていた。その手前の脱衣所でバイレッタは妻の濡れた服を脱がしにかかっている夫に、努めて冷静に告げた。

「旦那様からお先にどうぞ」

「広いですから、一緒に入りましょう」

言われると思ったので、バイレッタは隣の空いている部屋のシャワー室を使うと告げる。けれど、アナルドは深刻そうにまつ毛を伏せた。

「あまりに妻が煽情的《せんじょうてき》で我慢ができません」

「何もしておりませんが！」

「冗談ですよ。妻が風邪を引かないか心配なので、余裕がないのです。ですが妻の我《わが》儘《まま》を叶えるのも大事ですね」

どのあたりが我儘ととらえられたのか⁉

だが反論する暇を与えられずに、言うが早いか服を着たままのバイレッタはアナルドに浴室へと放り込まれた。

シャワーをひねれば熱いお湯が出てくる。そのままアナルドは浴槽にも湯をはって、濡れたバイレッタのシャツのボタンを丁寧に一つずつ外していく。

「自分でできますが」

同じく濡れた服を着たままのアナルドは、張り付く前髪を気にした様子もなく、妻の服を脱がせるのを優先させた。仕方なく、彼の目にかかる前髪を横に流してみた。指先に触れる毛先は随分と柔らかいことを知る。感触を名残惜しんでいると、エメラルドグリーンのとびきり澄んだ瞳が、妖しい光を宿してバイレッタを射すくめた。

お互い散々な姿だと思うのに、彼のあまりの艶やかさにため息が出る。

本当に綺麗な男だ。だというのに、バイレッタを極上であるかのように恭しい態度で接してくれる。今も触れる手は宝物を扱うかのように優しく慎重だ。

愛されていると実感させて甘やかして、これ以上溺れさせて、これが彼の復讐だろうかなどと自分に自信のないバイレッタはひねくれたことを考えてしまう。意地っ張りで素直になれない妻に対しての復讐だとしたら、効果は絶大だけれど。

「楽しみを奪わないでください。妻の服を脱がせるのも、夫の特権ですよね」

「そんなこと初めて聞きました」

「バイレッタも悪いと思いますよ。あんなに無防備に可愛いことをされれば、止まることは不可能です」

「今度はなんですか。さっぱり私の記憶にはありません」

そんな無防備で可愛いことをどこで、いつ行ったというのだ。

アナルドの妄想ではないのかと疑いたくなるけれど、説明されても絶対に納得できないだろうことはわかっている。

そして死ぬほど恥ずかしくなるのは聞いた自分だということも！

「わかっていたが、無自覚とはたちが悪い……」

呻くように告げたアナルドが体を押し付けてくる。先ほどジンにも言われたが、バイレッタが何を自覚していないというのか。

「濡れた貴女は本当に蠱惑的《こわくてき》で、見つめられているだけで煽られている気になります」

「ですから、していませんと言っていますよね」

「そうでしょうね。前から自覚がないと言っているじゃないですか。今回の水かけ祭りだってどれほど貴女を濡らさないように守るか真剣に考えましたよ」

自覚がないってそのこと⁉

バイレッタは反論する言葉をすっかり失って口を閉じた。

お互いに冷えているはずなのに、ひどく熱い。

恥ずかしくなって腕を突っぱねても、その腕をとられて指先に軽く口づけられる。

見下ろされる視線も、甘温かい舌が爪の先を愛撫《あいぶ》するもどかしさも、すべてがバイレッタの奥底の熱を刺激する。

「……っっ」

「素直に声を出しても大丈夫ですよ。俺しか聞いていませんから」

たとえ夫といえども、いや夫であるからこそ、恥ずかしいのだと目の前の男は気づかないのだろうか。

「それにしてもこれだけで、随分と甘い声で啼《な》いてくれるんですね」

「お望みなら、引っかいてもあげますわよ」

バイレッタが今言える精一杯の強がりに、アナルドは目を丸くして微笑んだ。

蕩ける笑みに、バイレッタは選択を間違えたことを知る。

「俺の妻は本当におねだりが上手ですね。甘く嬲《なぶ》られるのが好きで、甘噛みされるのも好きですよね」

ほら、こんなふうにと続く言葉に鎖骨を辿《たど》って胸の先を食《は》まれる。

膝が震えるほどの快感に耐えていると、腰を抱いていた手がゆっくりと下りて、ふっとアナルドが笑う。

「散々俺を煽ったこと、自覚していただきますよ。もちろん、しっかりと体に教え込みますから」


ひと眠りして起きれば、先に起きていたアナルドはバイレッタに服を着せながら、寝ぼけ眼を覗き込んでくる。

最近のアナルドはバイレッタの服の扱い方にも慣れていて、手早い。よくわからないスキルを身に付けていく夫に困惑は必須だが、あいにくと寝ぼけているので今はぼんやりと問いを口にするだけだった。

「どこかへ出かけるのですか?」

「賭けを覚えていますか。エルメレッタが最初にどちらの名前を呼ぶのかと聞いた賭けです」

「ああ、ママと呼ばれましたね……」

「え、パパではないのですか？」

アナルドが来た時には確かにパパと呼んでいたが、その前にママと呼ばれていたのだ。

「つまり、俺の勝ちということですか」

アナルドは少しだけ落ち込んだようだが、少し考えてわかりましたと頷いた。

「なら、一緒に行きたいところがあるのです。今から行きましょう」

「それ、私が賭けに勝っていても同じことを願っていましたよね？」

ようやく覚醒し出した頭でバイレッタは思わず半目になって夫に尋ねたが、アナルドはただ曖昧に笑うだけだ。負けたはずの彼がどういうふうにバイレッタを誘導するつもりだったのかは気になるところだが、今は頷くしかない。

用意されていた馬車に起きていたエルメレッタも連れて三人で乗り込んだ。アナルドが案内したのは、小高い丘の裾野に位置する場所だった。ぽっかりと穴が開いていて、小道が奥へと続いている。

馬車を降りてあたりを見回すが人気はない。夕暮れが近づいていたから、大抵の人は家路についている頃だろう。

午後に降った大雨が上がって、薄日が差し空には虹がかかっているが、夫は虹を見に来たのではないらしい。

伸ばされた手に引かれ、バイレッタは素直にアナルドについていく。夫の腕の中ではエルメレッタがすやすやと眠っていた。馬車の揺れは眠気を誘うらしく健やかな寝顔に笑みが零れたが、やはり真っ暗な洞窟は恐怖を感じた。

「ここに入るのですか。灯《あか》りなどは用意していませんが」

「心配いりません、ちゃんと用意していますから。けれど、今は灯りなどは特に必要としていないんです」

アナルドがカンテラを掲げてみせたが、今は火が入っていない。

人気のない洞窟の中へ小道を辿って入っていくとすぐに光が見えた。入り口から奥までそれほど広くはないようだ。後ろを振り返れば茜色《あかねいろ》の穏やかな光が木々を包んでいるのが見えた。

「随分と大人しいですね」

「いつもそんなにうるさいですか」

バイレッタがなんの皮肉だと顔を上げれば、思いのほか近い距離でアナルドの優しい瞳とぶつかった。

喧嘩を売っているわけではないのなら、一体どういう料簡《りょうけん》だというのだろう。

バイレッタが訝しんでアナルドを見やれば、彼は楽しげに笑う。

「いくら俺が賭けに勝って同行を願い出た場所とはいえ、何かしら聞かれるだろうとは思っていましたから」

「そういうことですか。それなら、なぜヘイマンズ領に新婚旅行だと言い張って行きたがったのかをお聞きしたいですわ」

「なるほど、そうですね。それが、今回来たこの場所になります」

「ここですか？」

アナルドはほどなくして、立ち止まった。

なんの説明も受けなかったけれど、バイレッタは理解した。

夫が何を見せたくてここに来たのか、ということだ。

沈みゆく太陽の黄金色の輝きがすべてを包んでいた。洞窟の天井部分は崩落して空が見えている。その下には雨が溜まった大きな水たまりができていて、陽光を反射して洞窟内部を輝かせているのだ。暖色のヴェールがすべてを覆い、包み込むような温かな光が幻想的な空間を彩っていた。眩《まばゆ》くてとても直視できそうにない光の洪水は、そのまま周囲を照らしてキラキラと散っていく。水面が風で揺れるたびに、輝く幾何学模様がでこぼこした洞窟の壁に乱反射してさらに複雑に絡まって無秩序な静謐《せいひつ》さを構築していく。

それはまるでバイレッタの髪色のように鮮やかなストロベリーブロンド。沈みつつある太陽の光で朱金から夕闇混じりのアメジストへと変化した。

「午後に大雨が降るこの時期、この場所でしか見られないバイレッタの色です。閣下からここの話を聞いた時には貴女を連れていきたいと思ったのです」

アナルドは言葉を切って、穏やかに微笑んだ。

いつのまにか目を覚ましたエルメレッタもアナルドの腕の中で、魅入られるようにプリズムを見つめている。

「俺が見えている俺の世界を、妻色に輝いた世界を、貴女にぜひ実感してほしかったのです」

永遠に続くかに思われた光の共演はすぐに終わりを迎え、アナルドは洞窟の中でカンテラに火を入れた。自然の気まぐれな優美さに感動したバイレッタだが、小さな火の光に照らされた水面もまた美しいものだとため息をつく。

アナルドがおもむろに口を開いた。珍しく饒舌に話すのは彼自身のことだった。

「あの男を見て、少し考えさせられました」

「あの男って、ガインゼル様ですか？」

バイレッタが少し考えてから答えれば、アナルドは心底不快だと言いたげに憮然と答える。

「俺は妻から他の男の名前を聞くのが不快だと言いませんでしたか」

「あいにくと生活できなくなるような変な言いがかりをつけられても困ります。それで、彼がどうかしたのですか」

さっさと話を続けろと促せば、アナルドは小さく息を吐いた。

「貴女も父をよく知っているでしょうが、子供の教育には熱心ではありません」

「まあ、そうですね。むしろアナルド様を育てたのは亡くなったコニア様と領主館の面々でしょう」

否定してあげたいのは山々だが、どこにもそんな要素がない。アナルド自身がそれを望んでいないこともわかっている。

コニアが生きていた時はワイナルドはほとんど戦場にいて、コニアが亡くなってからは領地に寄り付きもしなかったのだから、生まれた時から領地にいたアナルドを育てられるはずもない。その後は酒浸りの日々だ。アナルドが帝都にやってきても寮のある学校に行き、そのまま士官学校に入ったと聞いている。

だからといって彼はそれを特に不満に思っている様子はないし、孤独だったと悲観に暮れているわけでもないのだ。

「俺は跡継ぎとしての教育を一切受けていませんし、強要されるどころか示唆されたこともありません」

由緒ある名家の当主としてワイナルドのスタンスは謎だ。むしろ領地なんてどうでもいいと言わんばかりの態度である。後継者問題はどこも考えるものではないのか。バイレッタの父だって昔は兄を軍人になれと扱《しご》いていたものだ。バイレッタの実家であるホラント子爵家は騎士の家系で代々軍人を輩出してきたからだ。けれど性格的に全く向いていなかった兄は早々に文官への道を目指した。今は父もすっかり諦めて兄の子供に絶大なる期待を寄せている。

だというのに、ワイナルドはそんなことを一切言わない。むしろ永遠に自分がスワンガン領主で居続けるつもりのようだ。最後は国に返還しても問題がないとさえ言いそうではある。あの義父は本当に何を考えているのかよくわからない。

そもそもなぜ伯爵家の後継者が軍人になったのかも謎であるし、聞いたところで素直に答えてくれるような可愛げのある性格でもない。全く旧帝国貴族らしくない変わり者なのだとは気づいている。

「父があぁなので、俺も何もなければ彼と同じだっただろうと思ったのです。押し付けられることもなく反発することもなく、漠然と事態が動くまで流される。ドレスラン大将に誘われて軍人になりましたが、変わらず愛も知らず色のない世界で生きてきました。熱量もなく、なんら感情の伴わない日々を繰り返す。それがどれだけ空《むな》しいものなのか彼を見ていて実感しました。むしろ閣下にも俺は感謝すべきなのだと改めて考えさせられたほどです」

アナルドがモヴリスに可愛がられているとは結婚する以前に父から聞いたことはあったが、今冬には散々な目に遭わされた相手でもある。一応今回の旅行は彼なりの謝罪ということだったが、しっかりとアナルドたちには任務を与えていたのだから、本当に腹が立つほどに厄介な相手である。

あの悪魔に感謝するなんて寿命を縮めるだけで、相手からはなんの感情も得られなさそうではあるが、珍しく感情的になっている夫に茶々を入れるのもはばかられる。

静かに聞いていれば、アナルドは続けた。

「俺が貴女に出会えたのは閣下のおかげですしね。主体性なく流されて、無為に過ごしてきて、ようやく抗う気持ちになった途端に落とされたといったところでしょうか」

「それって褒めていますか？」

別段、アナルドを陥れたわけではないけれど、言葉的にはあまりいいイメージがない。落とされたとはあまり穏やかではないのでは。

「落ちた世界で、色を得ましたから。俺がバイレッタに会えたことは、本当に幸運なのだと。貴女を思って生きていく、生きていける、ただそれだけがどれほど素晴らしいことなのか実感しました。色のない世界で生きてきて、妻の色を見つけるだけで喜んでいるのですよ。本当に褒め言葉でないと思いますか」

大げさと一笑するのは簡単で、実際恥ずかしさでどんな表情をしていいのかわからないからバイレッタは視線を彷徨《さまよ》わせた。

アナルドはバイレッタの右手を取った。温かくなった右手に指を絡めて握られる。

バイレッタの左腕に抱かれているエルメレッタは、静かに父親と母親を見つめていた。無垢な視線を向けられて、逃げ場がないほど追い詰められた。もちろん精神的に。

アナルドは逃がさないというように握る手に力を込める。

「俺の見えた世界が、少しでも貴女に伝わればいい」

被せられる懇願は、どこか悲しみを帯びていてバイレッタの胸は苦しくなった。

「そうして俺の喜びを貴女に知ってほしいんです、バイレッタ」

それはどこまでも純粋で、ひたすらに一方的だ。

彼が見返りを求めずに愛を捧《ささ》げるだけの関係に思えた。

バイレッタだって素直でないだけで、こうして一緒にいるのだからアナルドを慕っている。もちろん愛情もある。婚姻は強制で、出会いは最悪だったし、二人の始まりを辿れば腹が立つけれど。ここまで二人で歩んできて、その間に芽生えた感情がある。

どうしても言葉にするのが苦手なだけで。そして、恥ずかしがって戸惑っているバイレッタの心情をさっさと読んでしまう夫の態度もよくないとは思うのだが。

甘えているのだろう。

甘えさせてもらっている自覚はさすがにある。

なんと返せばいいかわからず言いあぐねているバイレッタよりも、やはりアナルドのほうが何枚も上手だ。すべてを見透かすかのようなエメラルドグリーンの瞳を向けて、極上の笑みを浮かべる。

「そうすれば、お人よしで愛情深い貴女は俺から逃げられませんからね」

だから、妻に策略を巡らせるのはどうかと思うのだけれど！

バイレッタは真っ赤になって、小さく唸るしかないのだった。


帝都へと戻る前に、ヘイマンズ伯爵の元に挨拶に行った。

むろん、お礼参りのようなものだ。

あの後、連行されていくシーアを見送ったガインゼルの様子も気になる。ミュオンに聞いても水かけ祭りの騒動以来見かけていないとしか言われなかったので。

領主館に向かい、客人として通された部屋で、ヘイマンズ伯爵は鷹揚に構えていた。どこか溌剌《はつらつ》とした様子に、バイレッタの眉が寄る。これまでの傲慢さを思えば、別人のようでさえある。

「やあ、アナルドにバイレッタ。今日はどうしたんだ」

「帝都へ戻りますので、ご挨拶に伺いました」

バイレッタがひとまず穏やかに切り出せば、彼も顎に手を当てて考える素振りを見せた。

「わざわざ？　抜け目がないと聞いているからな。てっきり話があるのかと思ったが」

「あら、見当をつけていただいているのなら、話は早いですわ。今回のこと、ご説明いただいてもよろしいでしょうか」

「なるほど。それなら、まあそこにかけてくれ」

ソファを示されたのでヘイマンズ伯爵の向かいにアナルドと並んで腰を下ろす。

「早速ではございますが、水かけ祭りは無事にやり遂げられましたよね？　ですから、お約束をお願いいたしますわ」

「そうだな。スワンガン領地の街道整備にも反対はしないし、迷惑料も払ってやる。ワイナルドにそう一筆入れて送ればいいんだろう」

「よろしくお願いいたしますわね」

バイレッタはこれ以上ないほど、極上の笑みを浮かべて頷いた。

義父から届いた指示書が、これで一応は片づいたことになるのか。

新婚旅行に来て、義父から仕事を押し付けられて、水かけ祭りに参加して暗殺騒ぎに巻き込まれて――そんな一連の騒動の決着がついたということか。

新婚旅行ってなんだろうと思わなくもないけれど。

「水かけ祭りは領民たちの願いでもあったからな。今回はうまく話が運んで助かった。

ガインゼルがあの女と結婚したいと言い出した時から怪しんではいたが、まさか危害を加えるためにならず者たちを雇っていたとは思わなかった。それがギーレル侯爵の息のかかった暗殺者を含んでいるとは。あんな馬鹿息子でも一応は嫡男だからな。無事に収まってよかった。ドレスラン大将にもよろしく伝えておいてくれ」

「わかりました」

ヘイマンズ伯爵からモヴリスにも軍人の派遣を依頼していたらしい。最初からアナルドが持ってきていたモヴリスの命令書にはその旨の記載があったようだ。

これで今回のアナルドたちの特務も終了ということになる。

「暗殺者のほうはこちらできちんと処理したが、もちろん首謀者が誰か口を割ることはない。今回のことで帝国貴族派の連中にはほとほと嫌気がさしたが、うちみたいな中堅が暗殺者を送り返して正面から侯爵と喧嘩するわけにもいかんからな。すべて内々で処理して胸のうちに納めるだけだ。さりとて軍人派になっても我が家門が生き残れるとも思わんから表立っては無理だが、今後もできる限り軍に援助はさせてもらおう」

「軍はヘイマンズ領の街道を使えるだけで十分ですよ」

「そうか」

アナルドの短い答えに、ヘイマンズ伯爵は苦笑気味に頷くだけだ。

バイレッタは聞きたかったことを尋ねた。

「その後、シーアさんはどうなりましたか」

「あの女なら、ガインゼルを殺すつもりはなかったと言っておってな。ならず者たちも暗殺者はいつの間にか仲間になっていたが雰囲気は近寄りがたくすぐに姿を消していたとの話だった。確かに暗殺目的ではないとわかったからな。ガインゼルが情状酌量してほしいと訴えてきたが無罪にするわけにはいかんから、領地からの追放処分で済ませてやった」

軽い口ぶりだが、腐っても旧帝国貴族の由緒ある血統を誇る家門の領主である。嫡男を傷つけられそうになったというだけで、平民など死罪にしそうなものだが随分と甘い処遇で落ち着いたものだ。

いくら被害者である息子が軽い処分を望んだところで、名誉を重んじる帝国貴族ならば侮辱されることを何よりも嫌うはずである。ある意味醜聞となるような事件に口封じすらしないのは理由にならない。

「信じていない顔だな。ガインゼルはあっさりと頷いたものだが」

「学生の頃から由緒ある高位貴族の方々の振る舞いをいやというほど拝見させていた

だきましたもの。違和感はぬぐえませんわね」

「ああ。スタシア高等学院を卒業したのだったか。あそこは貴族派が根強いから、さぞや窮屈な思いをしただろう。あいにくと私は頭が足りずに、そちらには進んでいないから洗礼は受けていないが話はよく聞く。ミュオンも嫌な思いをしたと言っていたしな」

ヘイマンズ伯爵が高位貴族らしい傲慢さを見せながらも軍人寄りであったり領民との距離が近いような気がしたのは教育環境の違いか。

あの選民意識の高い連中は帝国最高峰の学び舎《まなや》というスタシア高等学院の卒業生というレッテルを何よりも大事にしている。同族意識が高く、鼻持ちならない。最近はよくわからない行動を取ることが多いが、筆頭はエミリオである。同階級の者以外は認めず、他者の尊厳など存在しないかのような扱いなのだ。

「まあ領地追放という名目で、皆まとめてゲッデルに送ってやった」

「強制収容所ですわね」

生きては出られないという帝国の北西にある鉱山の麓の監獄の名前だ。やはりという苦い思いをバイレッタが噛み締めていると、ヘイマンズ伯爵は続きがあると促した。

「あの男たちも大なり小なり元犯罪者で、あの女はそのうちの一人と夫婦だという。

店をやっていたが戦火にまかれてここまで流れてきたらしい。それで、なぜガインゼルを襲う計画に加担したのかはわからないが、町の女たちに同情したのかもしれないな。息子の遊びはミュオンからも聞かされたが、さすがに顔を顰めずにはいられなかったほどだ。放置していた私の教育不足でもある。詫びとしてゲッデルの収容所にある食堂で働けるように紹介してやったんだぞ。息子を誑かした女に対しては十分に温情だろうが」

「彼女が納得しているなら、何も言いませんわ」

「ふん、他人に随分と甘いことだな。ガーデンパーティーで会った時から気にかけていただろう。そちらも共犯なのかと疑ったぞ」

さすがは老獪《ろうかい》どもと日夜舌戦を繰り広げている男だ。猜疑心が強いことである。彼が見ている世界はさぞや陰謀に満ちていることだろう。

「俺の妻はお人よしで、困っている者を見捨てられない性分なのです」

「跳ね返りかと思えば、甘いところもあるとは。そんなことでスワンガン家はやっていけるのか」

「父は生涯現役と公言しております。俺たちには今のところ継がせる意思はないようですよ」

「はあ、あの男は本当に行き当たりばったりで、好き勝手な振る舞いばかりしおって。後継の教育すら放棄しているとはどういう料簡だ」

「実際のところ、父は家門の存続すら興味がなかったと思いますよ。今は妻のおかげで領主たるように見えるだけです」

「ええ？　旦那様、さすがにお義父様だって領地には愛着くらいあるでしょう」

思わずバイレッタが口を挟めば、アナルドは無表情で首を横に振った。

「貴女が嫁いでくるまで領地を野放しにしていた父に、一体なんの愛着があるというのです」

「それは、状況など事情があって仕方がなかった部分もあるとは思いますが……」

「いや、アナルドの言う通りだ。君たちはワイナルドがなぜ軍人になったのか知っているか？」

面白そうにヘイマンズ伯爵は口を開いた。

さすがのアナルドも興味を持ったようだ。先にヘイマンズ伯爵へと尋ねた。

「父が軍人になった理由ですか」

「スワンガン伯爵家はもともと旧帝国貴族派ではなかったが、軍人派でもなかった。だが、コニアの家は軍人派の子爵家で当時彼女の父親は准将だったんだ」

「すでに祖父は亡くなっていると聞いています」

アナルドの祖父は父方も母方も両方とも亡くなっているとバイレッタも聞いていた。

つまりスワンガン伯爵家に遠縁は多いが、直系はとても少ないのだ。

「そうだ。けれどワイナルドとコニアの結婚当時には生きていた。コニアに求婚しに行ったワイナルドに結婚の条件を突きつけたのが准将だ。軍人にしか娘はやらんとな」

そんな条件でワイナルドは軍人になったのか。

あの頑固で面倒くさがりやの男が。

「それであっさりと軍人になったのだから、領地に思い入れなどあるはずもない。その頃にはワイナルドの両親は馬車の事故で亡くなっていて遠縁だかが後見人になっていたが、それも無理やり押し付けてやらせていたものだ。もとから人任せの領地経営だぞ」

今の義父の姿と重なるのはなぜだろうか。

コニアが亡くなって辛いから領地に行かなかったわけではないのか。

まさかそんな昔から放置していたとは思わなかった。領地にいる執事頭のバードゥの苦労が忍ばれるというものである。今度、領地に何か滋養のあるものを送ってあげようとバイレッタは心に誓う。

「それをあの男は何を自分の妻に言ったのか知らないが、コニアはずっと戦場へワイナルドを送ったことを後悔していた。自分が悪いのだと責めては泣いていたんだぞ。そんな健気《けなげ》な彼女が病気になった途端にあいつは領地に見捨てたんだ。亡くなって自身も体を壊したら軍人などさっさと辞めて爵位を継いで帝都の屋敷に籠もって酒浸りだ。その上後妻を娶《めと》っただけでなく息子の嫁にまで手を出すなど と……これが許せると思うか。コニアがいないからと、どれだけ好き勝手するつもりだっ。だが一番許せないのは——」

ヘイマンズ伯爵は言葉を切って大きく息を吸い込んだ。

「あいつが私の前で孫自慢を始めたことだ！」

「は？」

バイレッタは言われたことがわからなかった。アナルドも同様に首を傾げている。

ワイナルドの孫と言えば、エルメレッタだろう。けれど彼がエルメレッタを叔父のように猫可愛がりしている姿など見たことはない。ちらりと視線を投げかけることはあっても抱っこしているところを見ないし、抱かせてくれとも言われない。

だというのに、孫自慢だと？

「孫の名付けを任されたと言ったんだ！」

だんと握りしめた拳をテーブルに叩き付けて、ヘイマンズ伯爵は滔々と続ける。

「瞳の色がエメラルドグリーンで可愛いと、きょとんと見つめられることがあると、傍にいると必ず手を伸ばしてくると！　小さいのにもうハイハイができるようになって目が離せないとか、立って歩けるようになったとか、『じじ』と声をかけて精一杯話しかけてくるとか。私の息子は三十にもなってフラフラしてばかりで当分孫など望めない。それをわかっていて、敢えての孫自慢だぞ。そりゃあいろいろと嫌味を言いたくなるだろうっ」

エルメレッタが一番に呼びかけたのは義父だったのか？

バイレッタは思考が盛大にずれて、はっとする。あまりに現実離れした言葉を聞かされて一瞬意識が遠のいた。

あの義父が孫自慢？

つまりヘイマンズ伯爵の言葉から推測するに、今回の領主同士の揉め事は孫自慢がすべてのきっかけということだろうか。だからヘイマンズ領に行く際に、義父は揉めたことをひた隠しにしたのか。

おかしいと思ったのだ。

ヘイマンズ伯爵は貴族派の中堅だが、堅実な政治手腕の持ち主だ。それがなぜか皇帝から直裁を貰った事業へ文句をつけるなどどう考えても暴挙である。

根回しの失敗ではなく、孫自慢して逆恨みされたと言いたくなかったと？　夫と喧嘩してまで水かけ祭りに参加して解決したというのに、実際は単なるじじ馬鹿に振り回されたというわけだ。

バイレッタは脱力した。

なるほど、ヘイマンズ伯爵が義父に並々ならぬ私怨を抱いていることはよくわかった。コニアを慕っていた分だけ、ワイナルドへの憎悪も強いのだろう。その上、息子の不甲斐なさまで加わって恨みは天井知らずというわけだ。ワイナルドが孫自慢をしていたかどうかは別にして、義父が幸せそうに見えたのだろう。

「エルメレッタのことを話していたのかはよくわからないですけれど、父が帝都にいたのは母との思い出ばかりある領地が嫌だからだと使用人たちは話していましたが」

さすがのアナルドも腑に落ちないといった体で、口を開いた。バイレッタも同じように義父が領地から遠ざかっていた理由を聞いていたが、ヘイマンズ伯爵の見解は異なるようだ。

結局、心情は他人にはわからないものである。義父は言葉にしないので、尚更何を考えているのかわからない。

そうか、孫が生まれたのがそんなに嬉しかったのか。

「帝都にだって彼女との思い出ならたくさんあるぞ。なんせ幼馴染みだ。コニアとは結婚前に少しだけ会ったのが最後で、スワンガン領地に行った後には手紙のやりとりだけになった。それも時折短い文で届くだけだ。彼女があれだけ寂しがっていたのに、ワイナルドは放置していたんだぞ。それでもあやつが悪くないと言えるのか」

「なるほど、そうですね」

伯爵の言葉にアナルドが納得してみせれば、彼は盛大に顔を顰めた。

「なぜそこで納得するように見せかけるんだ。自分の父親ならもう少し庇ってやれ。まああの男に庇う要素は少しもないけれど！」

複雑な男親心が働いたのだろうか。

ヘイマンズ伯爵はなんだかよくわからない文句をアナルドにぶつけている。

「君は見た目はコニアにそっくりだが、ふてぶてしいところはワイナルドにそっくりだな」

「そうですか」

「初恋だったんだ。幼い淡い恋だぞ。少しくらい感傷的にもなる。そう思うだろう」

「俺は妻が初めて愛した女性になるので、わかりませんね」

「なるほど、幸せを見せつけているわけか。少しくらい私に配慮があってもいいのではないか。バイレッタならわかるだろう」

「私は――」

「妻も俺と同様ですよ。初めて隣に並んで立つことを許した男になりますから」

「なぜお前が答えるんだ……?」

ヘイマンズ領主はアナルドに呆れた目を向けて、次いでバイレッタを見やった。そうして俯いて真っ赤になっている彼女に気がつくと、深々とため息をついた。答えなど聞かなくても伝わったらしい。

「お前たちはなんだ、嫌がらせをしに来たのか。少しくらい年長者を敬え。いや、わかったぞ。これがワイナルドの考えか。あの陰険なやつがやりそうなことだ。どうせあいつの差し金でヘイマンズ領に来たのだろう。軍人を寄こせとは言ったが別にスワンガンの者を寄こせとは言っていないのにやってきたのがいい証拠じゃないか。いいか、帝都に戻ったら次の夜会で私に会うのを楽しみにしていろとワイナルドに言っておけ」

「いえ、上官に言われただけですので、父は関係ありませんが」

「なに？　いや、あの男がやりそうなことだろ。本当に軍の差し金なのか」

アナルドがヘイマンズ領に来たのはモヴリスの指示ではあるが、一応義父からも揉め事を解決しろとの指示は出ているので、全く義父の意図が絡んでいないとも言えないところだ。

ただしヘイマンズ伯爵の伝言など、義父が憤慨する未来しか想像できない。

バイレッタは苦笑した。

「全くあやつだけでなく軍もどうなっとるんだ。こんな家族に囲まれたあの子がこのまままっすぐな瞳で大きくなることを願うばかりだな」

「エルメレッタですか」

アナルドが不思議そうに首を傾げて問いかける。

「彼女の瞳はコニア譲りだろう。小さい頃の彼女の瞳の色にそっくりだ。明るい宝石のように輝くエメラルドグリーン。無垢で光だけを集めたような純粋な色だ」

ああ、だから彼は泣きそうな顔でエルメレッタを見つめていたのか。

バイレッタはようやく合点《がてん》がいった。

初恋の相手を偲《しの》んでいたのだろう。

だが娘は、ヘイマンズ伯爵が思っているような可愛らしい性格ではない気がする。

本当にアナルドに似ているのだ。けれど、バイレッタは口を閉ざした。きちんと年長者を敬うのだ。

「あいつはあの子を自慢できるようになったのか……」

ぽつりとつぶやかれたヘイマンズ伯爵の言葉は、それまでの勢いはなくただ感慨深げだった。ワイナルドと旧帝国貴族派の跡継ぎとして、同じ女性に思いを寄せた過去も含めて長い年月を思わせる一言だ。いや、むしろコニアを偲ぶ男の一言かもしれない。

「もうこれ以上の話はないだろう。用件が済んだなら帰れ」

「そうですわね、そちらの件は問題ありません。ただ、別件がありまして」

「別件？　なんだ、何があるというんだ」

ヘイマンズ伯爵が不思議そうに首を傾げる。

バイレッタはもったいぶってゆっくりと口を開いた。

「あの水かけ祭りに使われた染料なのですが。少々こちらに分けていただくことは可能でしょうか」

「水をかけて色がなくなる染料だぞ、遊び以外に使いどころはないが。一体何に使うつもりなんだ」

腕組みをしてヘイマンズ伯爵が問うてくるが、バイレッタはふふと笑みを零す。

「それはもう様々な用途に使えますわ。今すぐに思いつくのはおまじないとかですかね。布に願いを書いて、噴水につけてもらうとか。これほど綺麗に消えるのですから、願いが叶うと言えば、殺到しますわね」

「は、まじない？」

そんなことは考えもしなかったと言いたげなヘイマンズ伯爵に、バイレッタは自信たっぷりに頷いてみせた。

「あの色水は可能性に満ちておりますもの。それだけでなく、スワンガン領地の建物に絵を描いてもいいですね。きっと温泉場が華やかになります。一時だけ眺められる絵画なんて素敵ですわ。壁画にして町に飾ってもいいですね。お任せください、商人は信用第一ですから。必ずや売れる物を作ってご覧にいれましょう」

「商人？　ああ、そういえば何か店を構えていて領地経営にまで口を出しているのだったか。欲しいなら勝手に持っていけ。ガインゼルに伝えておく」

「ガインゼル様ですか」

「ようやく働き始めた。水かけ祭りで優勝できなかったが、まあ恋人があんなことになったわけだし無理強いするつもりはなかったが、さすがに今回で思うことがあったらしい。それだけはお前たちに感謝してやらなくもない」

「それはありがとうございます」

領主らしい尊大な態度に、バイレッタはにっこりと笑顔を向けたのだった。

終章　家路

ガイハンダー帝国は大陸の北方寄りに位置するため、冬が長い。南方領のヘイマンズ領であっても比較的暖かいとはいえミュオンの祖国テンサンリに比べれば随分と寒い。

午前中の晴れた空の下、純白に輝く派手な馬車に乗り込んだミュオンは窓から顔を出している。

お忍びとはなんだろうとバイレッタは再度思うのだが、貴族御用達のヘイマンズ領では一般的なのかもしれないと考え直す。ちなみにバイレッタたちの馬車はそれほど派手な色はしていないけれど。

ミュオンの乗り込んだ馬車をしげしげと眺めているエルメレッタは、アナルドの腕の中で今日も大人しいが、なぜか視線はミュオンの肩を通り越した後ろを見つめている。

ミュオンの横にはすでに馬車に乗り込んでいる従者のゼリアがいるだけである。だが娘の熱心な視線に、アナルドも気づいていて無言で男を睨みつけている。ちなみにゼリアは視線を反対側に向けたままでいるので、表情までは見えない。

なぜエルメレッタはそれほどゼリアが気になるのだろうか。姿を消していた間もずっと追いかけていたと聞いたが。

ミュオンはそんな三角関係をあっさりと無視してバイレッタに手を伸ばした。

「楽しかったわ。もっと一緒に遊べればよかったのだけれど、あまり国を空けられないから」

テンサンリで要職に就いているのだから当然だろう。これから一ヶ月以上の長旅になるのだ。

「私も楽しかったです。ありがとうございました」

いろいろな騒動はあったものの、ミュオンと過ごした日々は概ね楽しかったといえる。友人と遊びらしい遊びをしたのも生まれて初めてのことだった。買い物をしたりピクニックをしたりと、学生の頃よりも遊んだのだから。

「そう、楽しんでくれたのならよかったわ。バイレッタには従兄が迷惑をかけたかしら」

「私は何もしておりませんわ」

むしろガインゼルは祭りの後からヴォルミにつきまとって、アニキと慕っているらしい。

失恋の傷を癒やすため新たな女を紹介してやるなどとヴォルミも乗り気ではあるが、ケイセティは結婚できない男に助言を乞う時点で終わっていると冷笑していた。

どちらにせよ、ガインゼルの軍人嫌いは治ったということらしい。

今後はヘイマンズ領地とは良好な関係を築いていけるので、派兵する時には安心して街道を使える。モヴリスは結果に大満足しているだろう。

アナルドは新婚旅行を楽しむと明言した通り、すべての仕事を部下に任せていたらしいので、サイトールもようやく肩の荷が下りたと言ったところだろうか。

最終的には得られたものが多い旅行で、バイレッタも満足している。

初めての家族旅行だけれど、帝都から離れて過ごすのもいいものだ。新しい発見があり、次の商売にもつながる。

「伯父様にお願いしてあの色水を使って商売をするのでしょう。ガインゼルも乗っかるつもりで、帝都に行くと張り切っているらしいから。十分に迷惑でしょうに」

「ガインゼル様自身が積極的に関わっていただけるのはありがたいことですわ」

街道整備でヘイマンズ伯爵と揉めていたのだ。その後のスワンガン領地との共同事業に嫡男が関わってくれれば、関係改善のよいアピールになる。

今回の件では旧帝国貴族たちは事態を静観していたらしいが、ヘイマンズ伯爵に裏で働きかける家も多かったという。このまま軍人嫌いになって軍人派を陥れようと囁かれていたらしい。

貴族派であっても軍人寄りということでそれなりの立場を築いてきた伯爵家にとっては、難しい選択を迫られていた中で、軍人派にとってはよい形で収まったというべきか。

なんにせよ旧帝国貴族派閥は、大きく勢力が動くことはなかったので、今回の一件はなかったことにしたらしい。

どちらにしても派閥問題など義父が勝手にやっていればいいと思うので、バイレッタとしては新たな商売の展開に胸を躍らせるだけだ。

「迷惑をかけたらいつでも言ってちょうだい。すぐに駆け付けるわ」

「姫様もお立場がありますので、ほどほどになさってくださいね」

「あら、優秀な側近がいるから大丈夫なのよ。でも、そうね。バイレッタもテンサンリに遊びに来て。私の国を見せてあげるわ」

「鎖国されているのでしょう？」

「平気よ、いくらでもやりようはあるの。今はエルメレッタが小さいから、もう少し大きくなって長旅に耐えられるようになったら、いらっしゃいな。絶対よ！」

鎖国している国に入れるほどの用事を作るということだろうか。しかもエルメレッタも連れていくとなると、どんな用事になるのか見当もつかない。

バイレッタは首を傾げつつ、頷いた。

「アナルド様、バイレッタは了承してくれたのだから、引き留めることはしないでくださいね？」

「ええ、もちろん。妻が他国に仕事で出かけるのを邪魔しないと約束していますから」

不機嫌になるかと思えば、やけに落ち着いて答えている夫が不穏である。

一見穏やかに見えるところが要注意であると知っている。

「旦那様は、軍属ですから他国への旅行は申請が必要ですよね」

「申請すればいいのですから、行けないわけではありませんよ」

いやいや、鎖国中の国に他国の軍人が入れるわけがない。許可など下りるはずもないのは簡単にわかりそうなものだが、アナルドは随分と余裕だ。

やや離れた位置からミュオンを見送っていたサイトールたちが慌てているのだから、やはり非常識なのだろうとバイレッタは察した。

きっと突っ込んだら負けだ。聞かなかったことにすれば、無駄に心配することもない。

「姫様、そろそろ出発だ」

ゼリアが声をかければ、ミュオンが小さく頷いた。

出発を感じたのか、エルメレッタが馬車に向かって小さな手を伸ばした。

「エルメレッタ、どうし――」

「じんン、ちゃ」

アナルドが慌てて声をかけた途端に、エルメレッタは満面の笑みで手を振った。

「わ、馬鹿、それは内緒だって言っただろっ」

本名を呼ばれたゼリアが慌てているが、アナルドは絶対零度のまなざしを従者である男に向けている。

「妻のみならず、娘にまで手を出したと……？」

「誤解を招くこと言うなっ、オレにそんな特殊な趣味はねえよ！　姫様、さっさと馬車を出してくれ」

「お前にそんな趣味があったなんて見る目が変わるわね。従者まで迷惑をかけたようで悪かったわ。バイレッタがやりたいことができて、ちゃんと笑えている姿を見られて安心したの。だから、私も今回のことが本当に楽しかったわ。癖はあるけど、いい旦那様なのだからたまには素直に甘えてもいいんじゃない？　じゃあ、またね」

晴れやかな笑みを浮かべて、純白の馬車は街道をテンサンリに向けて出発した。バイレッタたちの馬車とは反対方向に進むのだ。

晴れやかな笑顔は、ミュオンと最後に別れた学生の頃の怒った顔と重なった。

あの頃、確かに彼女はいつもバイレッタに怒っていたけれど、たくさん心配してくれていたのだと素直に受け入れることができた。

同情も心配も、他人から向けられる感情にはどこかに悪意があると思い込んでいた。むしろ、自分がそれに縋ってしまえば、一人で立っていられなくなると恐怖していたのかもしれない。

　それがなくなったと安心するミュオンの笑顔はバイレッタの心に染みた。

最後のアナルドの評価だけは、素直に受け取れない。それは自分の性分でもある。

「あの従者は本当にいけ好かないですが、いいご友人をお持ちですね」

「少し褒められたからって調子に乗っています？」

　にこやかに笑う夫をねめつければ、彼はさらに笑みを深めた。

「照れている妻が可愛すぎるので、娘とともに抱きしめてもいいですか」

「だ、駄目に決まっています！」

またアナルドのよくわからない翻訳機能が発動した。

なぜいつもバイレッタの言葉通りに受け取らないのか。態度だって決して可愛いものではないはずだ。

「もうふざけるのはおよしになって。私たちも帰りましょう」

バイレッタが口早に告げれば、アナルドはぽかんとした。

間抜けな顔をしていても絵になるなんて、本当に腹が立つ。なぜこの顔を見て可愛いなんて思ってしまうのだろう。

内心の動揺を決して悟らせないように必死で睨みつける。

「なんですの？」

「あ、いえ……」

アナルドはそのまま黙り込んで、なぜかエルメレッタの頭に顔を埋《うず》めた。様子のおかしい父親にエルメレッタも訝しげな顔になっている。

顔を埋めているのに、彼の耳は赤い気がする。

「本当に、どうかされました？」

「ええと、貴女を本当に愛しているなあと実感しました」

——

「なぜ⁉」

どの一言で妄想が膨らんでそんな感情に帰結した？

バイレッタにはさっぱり理解できないけれど、絶対に自分の顔は真っ赤になっている に違いない。

不意打ちはだめだ。

心構えがあったとしても、無駄だと知っているのに。取り繕うことが厄介で、戸惑いしかない。

「もう、とにかく帰りますわよ」

「はい、帰りましょう。俺たちの家に」

先を進むバイレッタの手を取って、アナルドはそっと握った。

片腕に抱いたエルメレッタが不思議そうにバイレッタの顔を覗き込んでくるのを意識する。けれど、何も言うことはできなかった。

遠くでサイトールたちが準備ができたと手を振って呼んでいる。

待機している馬車を見やって、バイレッタはぎゅっとアナルドの手を握った。

無骨で、剣の扱いに慣れている軍人の硬い手は、けれどとても繊細で美しいことも知っている。

見上げれば透けるような青い空を、一羽の灰色の鳥が力強く羽ばたいて悠々と飛んでいく。

そのコントラストを眺めながら、今日のこの日を、この何気ない景色を、この傍にあるぬくもりを、決して忘れないだろうとバイレッタは胸に刻みつけるのだった。

愛しさを込めて――。

あとがき

こんにちは、久川航璃《ひさかわこうり》と申します。初めましての方もいらっしゃるのかな、その方たちは初めまして。三巻から読み始めるとは何か信念を感じますね、宜《よろ》しくお願いいたします。この度は本作をお手にとっていただきまして誠にありがとうございます。

そして、ふふふ、有言実行！　それほどお待たせせずに三巻をお届けすることができました。正直、前巻で宣言してしまってからドキドキでしたが、これで心置きなく安眠できます。そして物語はまだ続きますので、宜しくお願いします。

さて本作はネット小説にあげさせていただいたものの第三弾です。今回のテーマは休日ですよ。忙しいバイレッタさんが旅行でゆっくりします。まあ、できないんですけど。それはさておき、なんとあのアナルドが初めから終わりまで一緒にいます。これはマジで凄《すご》いことなんです。すぐにどっか行っちゃう彼が、軍の駐屯地に向かっちゃう彼が、一巻まるっと愛妻の傍《そば》にいます。このシリーズでは最初で最後かもしれませんね。そういう意味では、とても大切な巻になるかもしれません。

すぐ脱線しちゃって脇役でわちゃわちゃしがちな作者に、お付き合いくださった編集様には最上級の感謝を。本題にたどり着くまでに長いとか、終わりの見えない話をいい感じにまとめて形にしてくださった編集様の適切で素晴らしいご助言と根気強いご指導がなければ今も途方に暮れていたと実感しております。毎回のことではありますが、編集様にはひたすら頭を下げるしかありません。ありがとうございます。

そしていつもイメージ通りのカバーイラストを描いていただいているあいるむ様。私服姿なんて想像できないと言わしめたアナルドに素敵な格好をさせていただきありがとうございます。さらにこの本に関わっていただいたすべての方々に、心からの謝辞を。何より、お目を留めてくださった皆様にも重ねて、感謝を！

この巻の翌月には本作のコミックス一巻も発売します。作者が待ちに待った一巻です。漫画は紬《つむぎ》いろと様に担当していただいているのですが、美麗な作画にうっとりしつつ、テンポも良くて面白くあっという間に一話を読んでしまうので、いつも寂しい思いをしてしまうのですが、一冊分になれば長く楽しめるので本当に待ち遠しいです。こちらも皆様にご注目いただければ、幸いです。

最後になりましたが、世間では次から次へと煩雑なことが起こっておりますが、この本をお手にしてくださった皆様の安寧を心から祈願して。

ここまでのお付き合い、本当にありがとうございました！

＜初出＞

本書は書き下ろしです。

◇◇メディアワークス文庫

拝啓《はいけい》見知《みし》らぬ旦那様《だんなさま》、離婚《りこん》していただきますⅢ

久川航璃《ひさかわこうり》

2023年11月25日　初版発行
2024年2月5日　4版発行

発行者　山下直久
発行　株式会社KADOKAWA
〒102－8177　東京都千代田区富士見2－13－3
0570-002-301（ナビダイヤル）
装丁者　渡辺宏一（有限会社ニイナナニイゴオ）
印刷　株式会社KADOKAWA
製本　株式会社KADOKAWA

Printed in Japan
ISBN978-4-04-915304-0 C0193

メディアワークス文庫　https://mwbunko.com/

本書に対するご意見、ご感想をお寄せください。
あて先
〒102-8177　東京都千代田区富士見2-13-3
メディアワークス文庫編集部
「久川航璃先生」係

どうも、前世で殺戮の魔道具を作っていた子爵令嬢です。1

優木凜々

親友の婚約破棄騒動――。断罪の嘘をあばいて命の危機!?

　子爵令嬢クロエには、前世で殺戮の魔道具を作っていた記憶がある。およそ千年後の平和な世に転生した彼女は決心した。「今世では、人々の生活を守る魔道具を作ろう」と。

　そうして研究に没頭していたある日、卒業パーティの場で親友の婚約破棄騒動が勃発。しかも断罪内容は嘘まみれ。親友を救うため、クロエが真実を全て遠慮なくぶちまけた結果――命を狙われることになってしまい、大ピンチ！

　そんなクロエを救ってくれたのは、親友の兄であり騎士団副団長でもあるオスカーで？

ワケあり
男装令嬢、
ライバルから
求婚される
上
「あなたとの結婚なんて
お断りです！」
江本マシメサ
メディアワークス文庫